LIMA BARRETO

Vida e morte de M.J. Gonzaga de Sá

Edição com texto integral. Inclui notas explicativas para os termos não usuais.

VIA LEITURA

Título original: *Vida e morte de M. J. Gonzaga de Sá*. Publicado pela primeira vez em 1919.

Grafia conforme o novo Acordo Ortográfico da Língua Portuguesa.

1ª edição, 1ª reimpressão 2024.

Editores: Jair Lot Vieira e Maíra Lot Vieira Micales
Produção editorial: Carla Bettelli
Edição de textos: Marta Almeida de Sá
Assistente editorial: Thiago Santos
Preparação de texto: Tatiana Tanaka
Revisão: Aline Canejo
Diagramação: Estúdio Design do Livro
Adaptação de capa: Aniele de Macedo Estevo

Dados Internacionais de Catalogação na Publicação (CIP)
(Câmara Brasileira do Livro, SP, Brasil)

Barreto, Lima, 1881-1922

Vida e morte de M. J. Gonzaga de Sá / Lima Barreto — São Paulo : Via Leitura, 2023. — (Biblioteca Luso-Brasileira)

ISBN 978-65-87034-35-5 (impresso)
ISBN 978-65-87034-36-2 (e-pub)

1. Romance brasileiro I. Título. II. Série.

23-160026 CDD-B869.3

Índice para catálogo sistemático:
1. Romances : Literatura brasileira : B869.3

Eliane de Freitas Leite – Bibliotecária – CRB 8/8415

VIA LEITURA

São Paulo: (11) 3107-7050 • **Bauru:** (14) 3234-4121
www.vialeitura.com.br • edipro@edipro.com.br
@editoraedipro @editoraedipro

O livro é a porta que se abre para a realização do homem.

Jair Lot Vieira

Seul le silence est grand: tout le reste est faiblesse.

A. de Vigny

La plaie du coeur est le silence

Bourget

A ANTÔNIO NORONHA SANTOS

ADVERTÊNCIA

Encarregou-me o meu antigo colega de escola, e, hoje, de ofício, Augusto Machado, de publicar-lhe esta pequena obra. Antes me havia ele pedido que a revisse. Se bem que nela nada encontrasse para retocar, não me pareceu de rigor a classificação de biografia que o meu amigo Machado lhe deu.

Faltam-lhe, para isso, a rigorosa exatidão de certos dados, a explanação minuciosa de algumas passagens da vida do principal personagem e as datas indispensáveis em trabalho que queira ser classificado de tal forma; e não só por isso, penso assim, como também pelo fato de muito aparecer e, às vezes, sobressair demasiado, a pessoa do autor.

Aqui e ali, Machado trata mais dele do que do seu herói.

Julgando que tão insignificantes defeitos eram de desprezar em presença dos reais méritos do pequeno livro, apressei-me em conseguir a sua publicação, certo de que, com isso, irei animar uma acentuada vocação literária que se manifesta, de modo inequívoco, nas páginas que se seguem.

Lima Barreto
Abril de 1918

EXPLICAÇÃO NECESSÁRIA

A ideia de escrever esta monografia nasceu-me da leitura diurna e noturna das biografias do dr. Pelino Guedes. São biografias de ministros, todas elas, e eu entendi fazer as dos escribas ministeriais. Por ora, dou unicamente subsídios para uma; mais tarde, talvez escreva as duas dúzias que planejo.

Não há neste tentâmen[1] nenhuma censura ao ilustre biógrafo, nem tampouco propósito socialista ou revolucionário de qualquer natureza. Absolutamente não! Obedeci, aliás muito inconscientemente em começo, à lei da divisão do trabalho; e, com isso, sem falsa modéstia o digo, fiz uma importante descoberta que o mundo me vai agradecer.

Os sábios, pelas notícias que deles tenho, não tinham dado ainda pela falta de verificação desta lei, nos domínios da biografia.

Entretanto, era fácil de ver que, exigindo a ordem obscura do mundo humano um doutor que cure, outro que advogue, forçoso era também que houvesse um biógrafo para os ministros e outro para os amanuenses.

1. Tentâmen: ensaio, tentativa.

Dessa forma, somos, eu e o dr. Pelino, uma bela prova de plena generalidade desse grande acerto científico da divisão do trabalho; portanto, longe de ser um capricho, a publicação deste opúsculo[2] é manifestação de uma grande e inevitável lei, a que me curvei e me curvo, como a todas as leis, independentemente da minha vontade.

Crendo-me justificado, dou aqui o testemunho público de quanto sou grato àquele escritor; e se, pelo correr do folheto, pus alguma coisa da minha pessoa, a culpa, afora o meu incorrigível e elementar egotismo, cabe-me a mim somente que não soube imitar, no estilo, a concisão telegráfica do modelo que adotei, e, na maneira, a sua superior impersonalidade de relatório ministerial.

Contudo, não me julgo com a verdade. Deus me livre de tal coisa! Tanto mais que, tendo-me destinado a atividade bem diversa, não me afiz aos estudos que a literatura reclama. Não sei grego nem latim, não li a gramática do sr. Cândido de Lago, nunca pus uma casaca e não consegui até hoje conversar cinco minutos com um diplomata bem-talhado;[3] sigo, entretanto, o exemplo do severo e saudoso lente[4] de mecânica da Escola Politécnica Dr. Licínio Cardoso, que estudou longos anos a alta matemática para curar pela homeopatia.

O seu espetáculo foi-me sempre fecundo. As reprovações que levei foram justas: antes de mim, todos os que passaram, saíam maravilhosamente; depois... oh! Então!...

O seu julgamento é um julgamento de Minos, inflexível e reto, e que tira a sua inflexibilidade da própria ordem do Cosmos; e se, nos autos de minha vida, alguma vez fui justo, devo-lhe a ele, só e unicamente ao seu exemplo, que tive sempre diante dos olhos, durante a minha adolescência atribulada.

De joelhos, rendo graças à minha estrela, por ter encontrado na minha carreira, tão raro e modelar exemplo...

Atirando-me aos azares da publicação de um opúsculo aliteratado, pode ser que seja feliz, como o meu inestimável lente o foi na homeopatia; pode ser que não e leve algumas descomposturas. Embora desagradáveis, as descalçadeiras dar-me-ão alento para viver, coisa que me vai faltando dentro de mim mesmo.

É um estimulante que procuro, e uma imitação que tento. Plutarco e o dr. Pelino, mestres ambos no gênero, hão de perdoar esse meu plebeu

---

2. Opúsculo: livro pequeno com poucas páginas.
3. Bem-talhado: elegante, bem-feito.
4. Lente: professor universitário.

intento, de querer transformar tão excelso gênero de literatura moral — a bibliografia — em específico de botica.

Perdoem-me!

Augusto Machado
8-10-1906

I – O INVENTOR E A AERONAVE

Nunca me passou pela mente que o meu amigo Gonzaga de Sá se dedicasse a coisas de balões. A não ser que o tal papel que me deixou entre muitos queira exprimir outro pensamento, não posso crer, dada a amizade que mantínhamos, que ele me fosse ocultar essa digna preocupação de seu espírito. Tive sempre respeito por aquele que quer voar… Enfim!… Contemos a história.

Conheci Gonzaga de Sá quando, certa vez, por dever de ofício, fui mandado à Secretaria dos Cultos. Tratava-se de um caso de salvas devidas a um bispo. O bispo de Tocantins, ao entrar no porto de Belém, a bordo de um *gaiola*,[5] recebera da respectiva fortaleza apenas dezessete tiros de salva. S. Revma. reclamou. Competir-lhe-iam dezoito tiros; e basto cabedal de textos e leis, a alta autoridade eclesiástica citou, fundamentando a sua opinião.

A reclamação foi presente ao ministro dos Cultos, cuja Secretaria, na longa informação que deu, aludiu à questão das investiduras, à dos bispos no tempo do Império e ao direito canônico, ainda por cima, sem nada resolver de definitivo.

Ouviu-se o Ministério do Exterior e o protocolo carinhosamente interpretado e, sabiamente, nada adiantava ao caso. Recorreram, então, ao estabelecido na legislação dos países civilizados ou não.

Os regulamentos da China eram completamente omissos, mas os de Montenegro davam vinte e quatro tiros aos bispos.

Na linda repartição das delicadas coisas internacionais, fizeram sábias transposições de uma religião para outra, de modo a se estabelecer a equivalência das respectivas autoridades.

Foi organizado um quadro, muito bem-feito, bem riscadinho, em que os nomes dos sacerdotes de cada religião foram escritos, respeitando-se a índole ortográfica de suas línguas próprias.

---

5. Gaiola: pequeno barco a vapor muito usado nos rios do Brasil.

O catolicismo, o budismo, o judaísmo, o bramanismo e as seitas protestantes encontravam-se e encontravam-se placidamente no terreno das conveniências burocráticas e protocolares.

Imãs, muezins,[6] bispos, lamas, bonzos, dervixes foram postos ao lado uns dos outros camarariamente.[7]

Acreditava-se no Ministério dos Estrangeiros que, desta forma esclarecida a correspondência entre sacerdotes de todas as seitas e religiões, melhor poderia ser interpretada a legislação, relativa ao assunto, de cada país do globo, isto é: as praxes da Birmânia, do Tibete e da Turquia viriam em auxílio da mortificante colisão em que se achava a administração brasileira.

Nada disso, porém, conseguiu decifrar o problema. Buscou-se, então, resolvê-lo com a opinião do Ministério da Guerra que veio a decidi-lo salomonicamente.[8]

Era seu parecer que, para evitar reclamações futuras e satisfazer as partes, de ora em diante devia competir uma salva de dezessete tiros, com canhões de quinze, e um tiro, com canhão de sete e meio. Era, além de salomônico, matemático, ou ambas as coisas juntas, pois, com dezoito disparos, se tinham dezessete tiros e meio, sendo, assim, satisfeito o prestígio do governo e os melindres do prelado.[9]

Esta resolução foi tomada, depois de serem ouvidas as grandes repartições técnicas do Ministério, cujo saber foi no caso incalculável.

A informação da seção de artilharia recordou por alto a teoria da separação de poderes; a divisão de Justiça, porém, abandonando as leis, os tratadistas, baseou-se em questões teóricas de artilharia, desenvolveu cálculos, para mostrar os fundamentos da queixa de S. Revma.

Estava a decidir-se a questão de um modo geral e de vez, quando surge a angustiosa dúvida do Cardeal. Seria S. Ema. uma autoridade eclesiástica brasileira? Devia receber só salvas de arcebispo ou mais outras? Se era autoridade eclesiástica estrangeira, que salvas devia ter? Se era nacional, quais? etc.

E assim as interrogações se sucediam nas seções do Ministério, quando o meu diretor, para evitar delongas, resolveu mandar-me à Secretaria dos Cultos, submeter aos competentes a angustiosa questão — cardeal.

---

6. Muezins: muçulmanos que anunciam a hora da oração do alto de um minarete.
7. Camarariamente: de modo camarário, ou seja, como uma câmara.
8. Salomonicamente: de modo salomônico, ou seja, relativo a Salomão, rei dos judeus, que agia de forma criteriosa.
9. Prelado: título de altos cargos da Igreja.

Pouca gente conhece a Secretaria dos Cultos e tem notícia dos seus serviços. É de admirar que aconteça isso, porquanto, penso eu, se há Secretaria que deva merecer o respeito e a consideração da nossa população é a dos Cultos.

Num país em que, com tanta facilidade, se fabricam manipanços[10] milagrosos, ídolos aterradores e deuses onipotentes, causa pasmo que a Secretaria dos Cultos não seja tão conhecida como a da Viação. Há, entretanto, nela, no seu Museu e nos seus registros, muita coisa, interessante e digna de exame.

Foi, por ocasião de desempenhar-me da incumbência do meu diretor, que vim a conhecer Gonzaga de Sá, afogado num mar de papéis, na seção de "alfaias,[11] paramentos e imagens", informando muito seriamente a consulta do vigário de Sumaré, versando sobre o número de setas que devia ter a imagem de S. Sebastião.

Era Gonzaga um velho alto, já não de todo grisalho, mas avançado em idade, todo seco, com um longo pescoço de ave, um grande *gogó*, certa macieza na voz grave, tendo uns longes de doçura e sofrimento no olhar enérgico. A sua tez era amarelada, quase dessa cera amarela de certos círios.

Tratei com ele cheio do respeito que, acima da beleza, merece a velhice. Ele me pareceu agradecer a deferência, olhando-me com mal disfarçado interesse, por debaixo do pincenê,[12] do fundo do abismo da sua banca burocrática. Vi logo nele um velho inteligente, de amplo campo visual a abranger um grande setor da vida; entendi-o ilustrado e de uma recalcada bondade. Não sei também por que adivinhei que tinha um bom nascimento e a antiguidade do aparecimento dos seus antepassados nestas terras não datava da República nem do encilhamento.[13]

O meu julgamento não era errado, porque, mais tarde, indo por causa ainda dos *tiros* a um bispo à Cultos, perguntei-lhe, em meio do negócio:

— Sr. Gonzaga, não é casado?

— Não.

— Nem quis se casar?

— Duas vezes: uma, com a filha de um visconde, em baile de um marquês.

---

10. Manipanços: feitiços.
11. Alfaias: adornos, paramentos religiosos.
12. Pincenê: óculos que permanecem fixos no nariz por uma mola, já que não têm hastes laterais.
13. Encilhamento: período de grande agitação financeira na Bolsa de Valores do Brasil decorrente da Proclamação da República, em 1889.

— E a outra?

— Filho, você parece que ficou com inveja?

— Talvez — acudi eu prestamente à sua interrogação.

— Pois saiba: a outra foi com a minha lavadeira.

A adivinhação de sua mocidade fiz eu por essa resposta.

Além disso era cético, regalista,[14] voltairiano.[15] Usava, como vim a verificar mais tarde, para estar em dia com o seu Deus, dele, frequentar as cerimônias religiosas; e não, como a burguesia republicana, para firmar-se nos frades, padres, freiras e irmãs de caridade e enriquecer-se ignobilmente, criminosamente, cinicamente, sem caridade e amor, senão aquelas de aparato. Era antimonástico, mas não maçom.

Para se compreender bem um homem não se procure saber como oficialmente viveu. É saber como ele morreu; como ele teve o doce prazer de abraçar a Morte e como Ela o abraçou. Depois de contar este grande fato da vida de um amigo, decifrar-lhe-ei os gestos íntimos e os seus atos insignificantes exporei. Não há erro, penso, procedendo assim.

A vida oficial de lorde Bacon é abjeta e cheia de vilania; mas vede-lhe as obras, as suas reflexões e, sobretudo, a sua morte — como são belas e como eclipsam a sua vida outra!

Tendo imaginado subitamente que a neve podia preservar as carnes da putrefação, Bacon desceu da sua carruagem em dia de muito frio, já velho era, e entrou em uma palhoça[16] para fazer a experiência. Comprou um frango, fê-lo matar e ele mesmo, com as suas próprias mãos, o encheu de gelo. Resfriou-se e pouco depois, em casa estranha, pois nem mais forças teve para atingir de carruagem a sua — morreu o ousado inovador, o filósofo do método experimental, o autor da grandeza científica e industrial de nossos dias.

De Gonzaga de Sá, vou contar-lhes as suas coisas íntimas e dizer-lhes, antes de tudo, como morreu, para fazer bem ressaltar certos trechos e particulares que serão mais tarde contados, de sua bela obscuridade. Narremos os fatos.

Nós tínhamos tratado de encontrarmo-nos no terraço do Passeio Público, para ver certo matiz verde que o céu toma, às vezes, ao entardecer. Fui esperá-lo com pressa de conversar com ele e admirá-lo. Pouco olho o

14. Regalista: partidário do regalismo, doutrina que defende as regalias do Estado diante da Igreja.
15. Voltairiano: favorável às ideias de Voltaire (1694-1778).
16. Palhoça: casa rústica, feita em geral de palha.

céu, quase nunca a lua, mas sempre o mar. Embora o não encontrasse logo, o espetáculo do mar distraiu-me. Mas contemos as coisas por miúdo.

Quando cheguei ao terraço do Passeio, já os morros de Jurujuba e de Niterói haviam perdido o violeta com que eu os vinha vendo cobertos pela viagem de bonde afora; sobre a Armação, porém, pairava ainda o jorro de densas nuvens luminosas, por onde, nas oleografias devotas, acostumamos a ver surgir os santos e anjos da nossa fé.

Fazia uma tarde dúbia, de luz irregular e ameaçando tempestade; mas a minha secreta correspondência com o meio avisara-me que não choveria. Chegado que fui, sentei-me a um banco embutido no muro, bem defronte a uma das novas escadarias que levam à gabada Avenida "Beira-mar". Em seguida puxei um cigarro e pus-me a fumá-lo com paixão, olhando as montanhas do fundo, afogadas em nuvens de chumbo; e, engastado na barra de anil, um farrapo de púrpura, que se estendia por sobre os ilhotes de fora da baía.

Considerei também a calma face da Guanabara, ligeiramente crispada, mantendo certo sorriso simpático na conversa que entabulara com a grave austeridade das serras graníticas, naquela hora de efusão e confidência.

Villegagnon boiava na placidez das águas, com seus muros brancos e suas árvores solitárias.

Notei então o acordo entre o mar e as serras. O negro costão do Pão de Açúcar dissolvia-se nas mansas ondas da enseada; e da mágoa insondável do mar, se fazia a tristeza da Boa Viagem.

Transmutavam-se naturalmente e tocavam-se amigavelmente.

O mar espelhejante e móvel realçava a majestade e a firmeza da serrania e, em face da sua suntuosidade, por vezes conselheiral, o sorriso complacente do golfo tinha uma segurança divina.

O poeta tinha razão: era verdadeiramente a grandiosa Guanabara que eu via!

A Glória, do alto do outeiro,[17] com o seu séquito[18] de palmeiras pensativas, provocou-me pensar e rememorar minha vida, cujo desenvolvimento — conforme o voto que os meus exprimiram no meu batismo — se devia operar sob a alta e valiosa proteção de N. S. da Glória. E, quando alguma coisa nos recorda essa apagada e augusta cerimônia, vêm à lembrança fatos passados, cuja memória vamos perdendo.

17. Outeiro: colina, monte.
18. Séquito: cortejo, comitiva.

Claro é que não tentei ver se tinha já atingido à altura em que plana minha sagrada Madrinha. Era de esperar que estivesse mais próximo e, se ainda não estou, nem a milésimo do caminho, nunca mais lá chegarei... Não tive desgosto; dei como um desvio de sentimento procurando ver como minha vida desenvolvera, segundo as obscuras determinações do fragmento do planeta, em que nascera. Durante meia hora, fiz um detido exame dos meus atos passados e fui colhendo as suas analogias com o meu ambiente pátrio.

Tinha sido vário em seus aspectos e descuidoso como a irregularidade do meu solo natal. Sorrira com a baía, entre, triste e alegre; e tive debaixo desse sorriso uma réstia da energia daquelas rochas antiquíssimas.

Diante da Serra dos Órgãos, cujo grandioso anseio de viver em Deus fui sentindo desde menino, aprendi a desprezar as fofas coisas da gente de consideração e a não ver senão a grandeza de suas inabaláveis agulhas que esmagam a todos nós.

Fui bom e tolerante como o mar da Guanabara, que recebe o bote, a canoa, a galera e o couraçado; e, como ela, tranquila sob a proteção de montanhas amigas, fiz-me seguro à sombra de desinteressadas amizades.

Quis viver muito, tive ímpetos e desejos, nas suas manhãs claras de maio, mas o sol causticante do seu verão ensinou-me (antes que M. Barrès mo dissesse) a sofrer com resignação e a me curvar aos ditames das coisas, sempre boas, e dos homens, às vezes maus.

Saturei-me daquela melancolia tangível, que é o sentimento primordial da minha cidade. Vivo nela e ela vive em mim!

E assim, fui sentindo com orgulho que as condições de meu nascimento e o movimento de minha vida se harmonizavam — umas supunham o outro que se continha nelas; e também foi com orgulho que verifiquei nada ter perdido das aquisições de meus avós, desde que se desprenderam de Portugal e da África. Era já o esboço do que havia de ser, de hoje a anos, o homem criação deste lugar. Por isso, já me apoio nas coisas que me cercam, familiarmente, e a paisagem que me rodeia, não me é mais inédita: conta-me a história comum da cidade e a longa elegia[19] das dores que ela presenciou nos segmentos de vida que precederam e deram origem à minha.

Que me importavam os germanos e os gregos! O estado e a arte! Outras gentes que não compreendo, nem os seus sonhos que resultaram nestas duas tiranias!

---

19. Elegia: lamentação, poema melancólico.

Sonho também por minha conta, ao jeito dos meus mortos; e os meus sonhos são mais belos porque são imponderáveis e fugazes...

A esse tempo, passava, olhando tudo com aquele olhar que os guias uniformizaram, um bando de ingleses, carregando ramos de arbustos — vis folhas que um jequitibá não contempla!

Tive ímpetos de exclamar: doidos! Pensam que levam o tumulto luxuriante da minha mata, nessa folhagem de jardim!

Façam como eu: sofram durante quatro séculos, em vidas separadas, o clima e o eito,[20] para que possam sentir nas mais baixas células do organismo a beleza da Senhora — a desordenada e delirante natureza do trópico de Capricórnio!... E vão-se, que isto é meu!

Logo me recordei, porém, dos meus autores — de Taine, de Renan, de M. Barrès, de France, de Swift, e Flaubert — todos de lá, mais ou menos da terra daquela gente! Lembrei-me gratamente de que alguns deles me deram a sagrada sabedoria de me conhecer a mim mesmo, de poder assistir ao raro espetáculo das minhas emoções e dos meus pensamentos.

Houve em mim, por essa ocasião, um indizível reconhecimento sem limites... Olhei com veneração aquela parva gente, em homenagem aos de seu sangue que me educaram e me fizeram saber que eu, burro ou genial, sábio ou néscio,[21] influo poderosamente no mecanismo da vida e do mundo.

Humilhado, abaixei a cabeça... O meu velho amigo chegava; a tarde, porém, não nos fora favorável e não nos dera o espetáculo que esperávamos.

Ficamos, durante algum tempo, a conversar no terraço do tradicional jardim público.

Gonzaga me disse, ao ver passar ainda outro bando de britânicos:

— Não posso suportar esses ingleses! Que pressa têm em andar! A tarde assim mesmo não está de afugentar... Andem devagar, devagarinho... Não se corre nem para a morte a quem amo... Vamos jantar em casa, embora minha tia não esteja em casa.

Eu tinha vinte anos e um louco sonho de ser diretor. Arrepiaram-se-me os cabelos diante daquela invocação da morte...

Aceitei o convite, apesar de tudo.

— Vamos a pé e pelo caminho mais longo.

Dirigimo-nos pelos Barbonos para aquelas veneráveis azinhagas[22] de aldeola italiana, que levam a Santa Teresa. Nada me dizia; pouco depois,

---

20. Eito: trabalho árduo, intenso (sentido figurado).
21. Néscio: ignorante, estúpido.
22. Azinhagas: caminhos estreitos entre muros ou valados.

porém, passamos diante de um casarão brutal. Gonzaga me perguntou, apontando o convento de Santa Teresa:

— Sabes quem mora ali?

— Freiras.

— Mora também um conde, e creio que princesas.

— Mortas?

— Sim, mortos! Vês lá o sinal da morte?

— Não; está sorridente e alegre.

— E este casarão ali?

— Está aqui, está desabando.

— Morto, não é?

— Sabes por quê? Porque não guarda nenhum morto.

Continuamos a subir.

Ao chegar ao jardim de sua casa, que olhava para a Lapa, para a Glória, para a Armação, para Niterói, contemplou o mar insondável, abaixou-se para colher uma flor que me oferecera, mas caiu, e morreu. Foi assim. Dias depois da morte do meu amigo, com o título de — *O inventor e a aeronave* —, entre os papéis desencontrados que ele me legou com os seus livros, encontrei uma folha de almaço, escrita de um lado e de outro. Li-a e verifiquei que se tratava de uma narração completa. Embora não dê ela toda a medida do espírito e da concepção do mundo do meu saudoso amigo, eu a publico para que aqueles que não o conheceram possam de algum modo apreciar o meu camarada intelectual e mestre, cujos julgamentos e opiniões sobre os homens e as coisas muito influíram para a escolha dos caminhos que a minha atividade mental tem trilhado.

Gonzaga era desses homens cujo pensamento se transmite mal pelo escrever ou por outro instrumento qualquer de comunicação criado pela nossa humanidade. A sua inteligência não sabia dar logo um pulo da cabeça para o papel; e só a sua palavra viva, assim mesmo em palestra camarada, era capaz de dizer dele tudo o que lhe era próprio e profundamente seu.

Contudo, como já disse, vou publicar a página de almaço encontrada por mim, entre os papéis que ele me deixou, no fito de dar uma módica ideia do que verdadeiramente era o meu velho Gonzaga de Sá, oficial da Secretaria dos Cultos. Ei-la:

> Desde dez anos não havia segundo em que ele não pensasse na máquina. Às vezes, sobre as folhas do Canson, tanto se demorava a riscar e a traçar que não chegava bem a compreender como passara da treva da noite

para a claridade da manhã. Folhas e folhas de papel, outras vezes, amontoava com cerradas equações e outras expressões algébricas; e, nas horas de descanso, passeando os olhos distraídos por elas, apareciam-lhe diante deles, com as suas rebarbativas letras gregas — os "fi", os "mi", os "gama", os "pi", aqueles minúsculos caracteres ligeiros e de curvas sutis, como pelotões de tênues pensamentos que as "integrais" faziam avançar em fileiras disciplinadas, marchando para frente, para frente... Consultava revistas, tratados, compêndios; folheava-os bem e, noites e noites, com os pés n'água para afastar o sono, ficava sobre as suas páginas a ler, a comparar um com outro, a cotejá-los inteiramente absorvido no ensino deles, a meditar, a adivinhar neles os impossíveis para o seu aparelho e a perscrutar os obstáculos que devia vencer, e as leis a que se devia curvar. Afinal um belo dia, depois de um longo trabalho de horas a fio, ele apareceu no papel, maravilhosamente desenhado a cores; e ali, o inventor o remirou muitas vezes, alongou mais uma linha, amaciou mais uma aresta ou uma ligação e, por fim, teve a máquina completa, perfeita, tal e qual a ideia que trazia em mente e se fora fazendo em poucos, dia a dia, durante uma gestação de vinte anos.

Descansou nesse dia feliz e sem igual.

Pôde dormir um largo e profundo sono reparador e tranquilo; mas, já no dia seguinte, meditava sobre os materiais com que devia construí-la. Considerou a resistência de cada um, o peso específico, o custo — tudo ele levou em linha de conta com sagacidade e sapiência.

Combinou uns com os outros, considerando as suas qualidades, as suas vantagens e defeitos, tendo sempre em mira o efeito que desejava; escolheu motores, delicados engenhos de força e pequenez; e partiu, com todo esse pensamento meticuloso e sério, para a oficina onde ia construir o seu aparelho de voar.

Nem um momento das horas de trabalho, arredou o pé de junto aos operários; de cada peça, seguiu todas as operações de sua construção; de quando em quando as pesava e ordenava limar, poli-las mais, para que tivessem exatamente o peso, calculado com a aproximação de miligramas. Não havia parafuso que ele não visse bem o passo de modo que uma diferença maior ou menor não fosse perturbar a rigidez do sistema e fazer falhar o que esperava do seu invento. Ficou pronto, e lindo, e alígero[23] que nem uma libélula.

23. Alígero: rápido, veloz.

Iria subir, iria remontar os ares, transmontar cordilheiras, alçar-se longe do solo, viver algum tempo quase fora da fatalidade da Terra, inebriar-se de azul e de sonhos celestes, nas altas camadas rarefeitas...
A experiência seria de manhã e, a noite toda, não dormiu como se, no dia seguinte, fosse se encontrar com o amor com que sonhou e, para realizá-lo agora, tinha aguardado muitos anos de angústia e de esperança.
Veio a aurora e ele a viu, pela primeira vez, com um interessado olhar de paixão e de encantamento. Deu a última demão, acionou manivelas, fez funcionar o motor, tomou o fogar próprio... Esperou... A máquina não subiu.

Eis o que havia na folha amarelecida de almaço encontrada por mim, no ano passado, entre os papéis que Gonzaga de Sá me deixou. Não compreendi imediatamente a significação dessa fantasia; mas, referindo-a a este e aquele aspecto de sua vida, entendi bem que ele queria dizer que o Acaso, mais do que outro qualquer Deus, é capaz de perturbar imprevistamente os mais sábios planos que tenham os traçado e zombar da nossa ciência e da nossa vontade. E o Acaso não tem predileções...

II – PRIMEIRAS INFORMAÇÕES

Manuel Joaquim Gonzaga de Sá era bacharel em letras pelo antigo Imperial Colégio D. Pedro II.

Possuía boas luzes e teve sólidos princípios de educação e instrução. Conhecia psicologia clássica e a metafísica de todos os tempos. Comparava opiniões do Visconde de Araguaia com as do sr. Teixeira Mendes.

Sua história sentimental é limitada. Não foi casado, esqueceu-se disso; embora tivesse amado duas vezes: a primeira, à filha de um visconde, num baile de um marquês; a outra, a uma sua lavadeira, não sabe em que ocasião. Ele mesmo mo disse, como devem estar lembrados.

Seguindo o seu favorito método introspectivo, analisou detidamente as duas emoções e, ao cabo de detalhada análise, achou-as idênticas em si mesmas e nas aparências.

Aliava a tudo isso uma estoica despreocupação da notoriedade, ou melhor, da posição fácil e barulhenta. Filho de um general titular do Império, podia ser *muita coisa*; não quis. Era preciso ser doutor, formar-se, exames, pistolões, hipocrisias, solenidades... Um aborrecimento, enfim!... Não quis; fez-se praticante e foi indo. Foi empregado assíduo e razoável trabalhador. A República veio encontrá-lo quase só na seção, redigindo um decreto do Defensor Perpétuo e, ao lhe avisarem: "seu" Gonzaga, hoje não se trabalha; o Deodoro, de manhã, proclamou a República no Campo de Santana.

— Mas qual? — perguntou.

As suas reminiscências de história não lhe davam de pronto a ideia nítida do que fosse República. Sabia de tantas e tão diferentes, que a sua pergunta não foi afetada. Contou-me ele que, na própria manhã de 15 de novembro, estivera lendo o seu Fustel de Coulanges,[24] justamente no ponto referente à significação aristocrática do tratamento cidadão.

Deve causar surpresa a quem ler estas linhas, o fato de Gonzaga de Sá, oficial da Secretaria dos Cultos, ter comércio com autores dessa ordem.

Há muita gente que, sem queda especial para médico, advogado ou engenheiro, tem outras aptidões intelectuais, que a vulgaridade do público brasileiro ainda não sabe apreciar, animar e manter. São filósofos, ensaístas, estudiosos dos problemas sociais e de outros departamentos da inteligência, para os quais a nossa gente que lê não se voltou e de que são amadores poucos da *élite*, e sem eco na nação, em virtude dessa pasmosa diferença de nível que há entre a inteligência dos grandes homens do Brasil e da sua massa legente.[25]

Certos de que as suas aptidões não lhes darão um meio de vida, os que nascem tão desgraçadamente dotados, se pobres procuram o funcionalismo, fugindo ao nosso imbecil e botafogano doutorado. Não são muitos; são raros em cada Repartição, mas consideráveis em todo o funcionalismo federal.

Em começo, procuram-no com o fim de manter a integridade do seu pensamento, de fazê-lo produzir, a coberto das primeiras necessidades da vida; mas, o enfado, a depressão mental do ambiente, o afastamento dos seus iguais e o estúpido desdém com que são tratados, tudo isso, aos poucos, lhes vai crestando[26] o viço, a coragem e mesmo o ânimo de estudar. Com os anos, esfriam, não leem mais, embotam-se e desandam a conversar.

Eu me dei com um escriturário que conhecia o zend,[27] o hebraico, além de outros conhecimentos mais ou menos comuns.

Seu pai, que tivera fortuna, mandou-o para Europa muito moço, pelos quatorze anos.

---

24. Fustel de Coulanges: historiador francês (1830-1889), defensor do positivismo.
25. Legente: o mesmo que leitor.
26. Crestando: desgastando, enfraquecendo.
27. Zend: língua em que Zoroastro, líder religioso fundador do zoroastrismo, escreveu sua obra.

Lá, onde se demorara perto de dez anos, apaixonou-se pela crítica religiosa e estudou com afinco estas antigas línguas sagradas. Perdendo a fortuna, voltou e viu-se, com tão inestimável sabedoria, nas ruas do Rio de Janeiro, sem saber o que fizesse dela.

Nesse tempo, o folhetim estava na moda, e a repetição de umas coisas vulgares de matemática.

O futuro escriturário não dava para o rodapé; declarou-se *besta*, e fez um concursozinho de amanuense,[28] e foi indo. Ficou como um escolar que sabe geometria, a viver numa aldeia de gafanhotos; e, quinze anos depois, veio a morrer, deixando grandes saudades na sua Repartição. Coitado, diziam, tinha tão boa letra! Gonzaga de Sá não possuía qualquer sabedoria excepcional, mas tinha em compensação vistas suas e próprias; e, de mais, sobre o tal escriturário, apresentou-se com maior força de inteligência, tendo resistido à depressão mental do ambiente da Secretaria dos Cultos, à qual, como, à de todas as Secretarias, poucos resistem.

Certa vez, ele me explicava, de um modo qualquer, algumas considerações suas, a respeito do sentido da civilização na América do Sul, e eu lhe perguntei:

— Por que o sr. não publica isso?

Ainda o tratava por senhor, e só muito mais tarde, creio que um ano depois, vim a tratá-lo por você e tu.

— Deus me livre! E os jornais?

Não acreditei fosse esse temor pueril que lhe obstava de publicar-se; devia haver outro motivo mais profundo e significativo.

A sua ânsia e a sua febre de conhecimentos, tais como via nele, sempre a par do movimento intelectual do mundo, fazendo árduas leituras difíceis, deviam procurar transformar-se em obra própria, tanto mais que não era um repetidor e sabia ver fatos e comentar casos a seu modo.

Creio que fizera os seus planos, pois que, apesar de remediado e seguro do emprego, não se deixou cevar,[29] pensou sempre e o seu pensamento estava sempre vivo e ágil, embora, quando o conheci, já tivesse passado dos sessenta. Não ruminava.

Ao contrário, nunca cessou de aumentar a sua instrução, limando-a, polindo-a, estendendo-a a campos longínquos e áridos. Para que seria esse trabalho senão para criar?

---

28. Amanuense: escrevente de repartição pública.
29. Cevar: dar-se por satisfeito.

É verdade que se podia atribuir ao seu gosto pessoal, perfeitamente desinteressado nas coisas de pensamento, sem objetivo ou tenção de obra ou lucro de qualquer natureza.

Mais tarde, porém, fiquei perfeitamente certo de que era só curiosidade intelectual que o animava e mantinha nas suas leituras árduas, mesmo porque não se podia encontrar outra espécie de explicação, à vista da obscuridade a que se havia voluntariamente imposto.

Ele, como Mérimée, não tinha a quem oferecer colares de pérolas. Gonzaga, solitário, sem filhos, membro de família a extinguir-se, a quem iria dar a sua glória?

Deixando de seguir um curso profissional qualquer, foi como se fugisse aos programas, para ler com mais ordem e método os autores, ao jeito de quem vai escrever uma memória ou um Félix Alcan, de 7 francos e 50. Fez o seu curso à antiga, em matérias isoladas, abandonando o seriado das universidades medievas, tradição que, dominando nas nossas faculdades, faz estabelecer os mais absurdos encadeamentos de matérias e disciplinas nos seus anos ou séries.

Gostava Gonzaga de Sá muito de revistas. A variada instrução que recebeu e o seu gosto policrômico permitiam-lhe seguir, sem esforço, a anarquia dos seus artigos. Assinava a *Revue*, o *Mercure*, a *Revue Philosophique*; mas, de todas, a *Revue des Oeux Mondes* é a que mais queria e citava.

Não apreciava as nossas, muito "chiques", disse-me ele. Abria, entretanto, exceção para as obscuras e para os jornais ilustrados meteóricos. Havemos de saber mais tarde a sua opinião a respeito.

Pelo livro, acompanhava o movimento das letras pátrias, com vivo interesse mas sem paixão.

Lia o *Figaro* e repetia, em francês e de cor, várias pilhérias do *Masque de Fer.*

Nos meus primeiros encontros e com ajuda de informações daqui e dali, foi o que logo percebi em Gonzaga de Sá. Durante meses tive dele esse *croquis*; mais tarde as linhas se foram firmando, o perfil ressaltando, e obtive, segundo creio, um razoável retrato.

Não convém, porém, deixar de contar as primeiras *boutades*[30] que ouvi dele.

30. *Boutades*: afirmações engraçadas.

Contá-las-ei ao correr deste despretensioso esboço de sua biografia. Contudo, vou narrar uma delas que me pareceu engraçada.

III – EMBLEMAS PÚBLICOS

— A nossa insuficiência nas artes do desenho é manifesta. Não pecará tanto quanto à execução, mas no que toca à imaginação criadora é coisa que não se discute. As armas dos nossos estados, das nossas cidades, o cunho das nossas moedas, são uma prova disso.

Não posso abrir o *Almanaque Garnier* e ver-lhe os mapas das nossas províncias, com os respectivos emblemas heráldicos, que não fique horripilado com aqueles bonecos que ladeiam uns escudos estrambóticos,[31] cheios de montanhas e letreiros, além de arvoredos e papagaios — tudo o que pode vir de mais extravagante e hediondo à cabeça de um sujeito doido e menos artista deste mundo.

As armas da República então! — são de uma inépcia[32] estonteadora. Aquele espadagão! Aquele fitão! Que coisas, meu Deus!

A não ser o brasão d'armas da cidade do Rio de Janeiro, que é de fato elegante, bem proporcionado, heráldico, significando a cidade, poucos dos nossos emblemas públicos se podem salvar de um inteiro naufrágio na fealdade[33] e na mais completa cretinice.

Como são diferentes dos coloniais! Basta a esfera armilar, atravessada pela cruz de Malta — símbolo do Reino do Brasil — outorgado não sei por que rei de Portugal, para mostrar como naqueles tempos havia mais gosto do que hoje, nas altas regiões.

Gonzaga de Sá disse-me isto certa vez, no largo do Paço, olhando o chafariz do Mestre Valentim. Depois continuou:

— Este chafariz é feio, é massudo; mas a esfera armilar que o encima dá-lhe certa grandeza, certa majestade... Mas já foi bonito...

— Quando?

— Quando o mar chegava-lhe aos pés. Ele tinha essa moldura, ou melhor: esse "*repoussoir*"[34] e possuía certa beleza. Eu ainda o conheci assim...

Vinha a noite e ela caiu toda negra sobre nós.

---

31. Estrambóticos: extravagantes, esquisitos.
32. Inépcia: tolice, imbecilidade.
33. Fealdade: feiura.
34. *Repoussoir*: técnica artística empregada na pintura e na fotografia para criar profundidade na obra.

Nós, então, sentimos as nossas almas inteiramente mergulhadas na sombra e os nossos corpos a pedir amor. Calamo-nos e olhamos um pouco as estrelas no céu escuro.

O jardim ia-se povoando de marítimos cansados e as mulheres, raparigas de condição modesta e ínfima, passavam apressadas e desconfiadas.

— Por que razão, Machado, todas as mulheres nesta terra têm medo dos homens? — perguntou-me Gonzaga...

— É porque os homens não são bons.

— Eu creio que sim. Aqui, não é a mulher que quer enganar o homem; é este que quer enganar a mulher.

— Penso como o senhor, e a prova está no noticiário dos jornais. São os amantes que roubam às amantes; são os maridos que fazem passar para as suas algibeiras[35] os dotes das mulheres; são os pais que fraudam as *legítimas* das filhas; são os irmãos que furtam as joias das irmãs; e é o que vem à tona!

— À vista disto, o adultério não vale nada. Vamo-nos.

Saímos do jardim e tratei de ir para a casa escrever umas cartas aos parentes, em Minas; e, quando, ao dia seguinte, para enviá-las, entrei no Correio, precisando endireitar um endereço, fui a uma das mesinhas, onde se encontram grossas penas e tinta rala. Todas estavam tomadas; fiquei então à espera junto a uma delas. Reparando melhor, verifiquei que o ocupante era Gonzaga de Sá. Não escrevia, olhava alguns selos espalhados sobre a mesa.

— Oh! Senhor Gonzaga de Sá, ande!

— Tu!

— À sua espera.

— Já viste os novos selos? Não te falei ontem em emblemas? Viste?

— Alguns.

— É bom ver. Tenho aqui de 10 réis, 20, 50, 100, 200 e 400.

— O senhor faz coleção?

— Não. Amo os homens ilustres e os selos trazem as efígies de alguns deles. Temos aqui: Aristides Lobo, Benjamin Constant, Pedro Álvares, Wandenkolk, Deodoro e Prudente.

— Ideia feliz!

— Pena é que, ao lado, não tragam alguns dados biográficos, para que os pósteros saibam quem foram; e boas sentenças morais, para edificação dos contemporâneos e dos pósteros.

---

35. Algibeiras: bolsos internos da roupa.

— A ideia é excelente.

— Teríamos, assim, o Plutarco Brasileiro em franquias postais. Embora sem isso, provocam reflexões estes selos. Quando olhares em Aristides Lobo, 10 rs., dirás lá contigo: está aí um homem que nasceu para dez réis — o que não aconteceu com o Benjamin que chegou a vintém. Felizardo! Vá que recebes uma carta urbana. Lá vem Wandenkolk, cor de telha, cem réis. Pensarás de ti para ti — como foi longe! E não é tudo… Se ao mesmo tempo tivermos um Deodoro, verdoengo,[36] 200 rs., um Prudente, acinzentado, 400 rs., e um Pedro Álvares, só 50 rs.; e os outros? Eis aí como estava a pensar sobre os selos, e pensar sobre selos é dos mais modestos propósitos intelectuais. Não te parece!

— De fato.

— Bem! Escreve a tua carta.

IV – PETRÓPOLIS

Gonzaga de Sá dizia-me:

— A mais estúpida mania dos brasileiros, a mais estulta[37] e lorpa, é a da aristocracia. Abre aí um jornaleco, desses de bonecos, e logo dás com uns clichês muito negros… Olha que ninguém quer ser negro no Brasil!… Dás com uns clichês muito negros encimados pelos títulos: Enlace Souza e Fernandes, ou Enlace Costa e Alves. Julgas que se trata de grandes famílias nobres? Nada disso. São doutores arrivistas,[38] que se casam muito naturalmente com filhas de portugueses enriquecidos. Eles descendem de fazendeiros arrebentados, sem nenhuma nobreza e os avós da noiva ainda estão à rabiça[39] do arado na velha gleba do Minho e doidos pelo caldo de unto[40] à tarde. Sabes bem que não tenho superstição de raça, de cor, de sangue, de casta, de coisa alguma. Para mim, só há indivíduos e eu, mais do que ninguém, pois descendo dos Sás que fundaram esta minha cidade, podia tê-las. Mais sei o que era necessário para tê-las. Precisava, para me considerar nobre, que meus avós tivessem obedecido a todas as regras da nobreza. Eles se casaram em toda a parte, eles nunca se importaram com os seus forais,[41] agora vou eu

36. Verdoengo: de coloração esverdeada.
37. Estulta: que não possui bom senso.
38. Arrivistas: oportunistas.
39. Rabiça: haste com que se maneja o arado.
40. Caldo de unto: caldo temperado com banha de porco.
41. Forais: cartas de privilégios concedidas a donos de terras.

tolamente gritar por aí, pela Rua do Ouvidor: eu sou Sá, nobre, fidalgo, escudeiro, etc., etc., pois descendo de Salvador de Sá, etc., etc. Isto digo eu que sou Sá!... Agora imagina tu um Fernandes aí qualquer com tais prosápias![42] Uma instituição só é válida quando é mantida com as suas leis — os nobres aqui degradaram-se porque não respeitaram as regras da Linhagem... Sabes bem o que quer dizer *degradar* nos códigos de nobreza?

— Sei. É voltar, por inobservância de disposições deles, ao terceiro estado, onde, para a verdadeira nobreza, está incluída a burguesia. Os Colberts, os antepassados dos grandes ministros...

— Degradaram-se voluntariamente, para ser tapeceiros em Lyon, creio eu — concluiu o meu amigo.

Eram quatro horas e nós tínhamos vindo por deleite até ao Pedregulho. Ao olhar, lá para as bandas do Jóquei, a estação da Leopoldina, Gonzaga lembrou:

— Vamos ao Engenho da Penha?

— Onde é?

— Vocês só conhecem a Tijuca e Botafogo. O Rio tem mais coisas belas... É ali.

E apontou para o lado dos Órgãos. Continuou depois:

— Fica à margem de um canal, de cerca de duas milhas, que separa a Ilha do Governador de terra firme. Parece um rio quando se o vê escorrer mansamente, por entre as terras próximas, singrado de botes, de *perus*,[43] de canoas, de faluas,[44] cujas velas a viração enfuna[45] amorosamente e os impele devagar... Defronte, fica o Galeão, da Ilha do Governador, e o Fundão, uma outra ilha, povoados ambos os lugares de mangueiras maravilhosas... Imagina tu que, afora as que o raio pôs abaixo, as do Galeão são algumas dezenas em quadrilátero e viram D. João VI... A enfermaria de loucos que elas ensombram majestosamente foi casa de residência do rei simplório e infeliz... Vamos!

Tomamos o trem. Era um dos de Petrópolis. Ia cheio dos tais de que me falava ainda havia pouco Gonzaga. Compramos primeira classe para Bom Sucesso, mas passamos logo para a segunda. O meu amigo adquiriu um jornal e pôs-se a ler. Fiquei olhando a paisagem de mangues, desoladora, desanimadora.

---

42. Prosápias: ostentações, discursos esnobes.
43. Perus: embarcações em forma de canoa.
44. Faluas: embarcações de duas velas, mais destinadas ao transporte de mercadorias.
45. Enfuna: torna a vela bojuda.

Chegamos. Saltamos, fomos a um botequim, servimo-nos de cerveja e Gonzaga intimou-me:

— Tens que andar um pouco a pé... Lá diz La Fontaine: *Aucun chemin de fleurs ne conduit à la gloire...*[46]

— Vamos! — disse eu.

Um pouco longe do botequim, ele me fez parar e falou-me assim:

— Fugi dessa gente de Petrópolis, porque, para mim, eles são estrangeiros, invasores, as mais das vezes sem nenhuma cultura e sempre rapinantes, sejam nacionais ou estrangeiros. Eu sou Sá, sou o Rio de Janeiro, com seus tamoios, seus negros, seus mulatos, seus cafuzos e seus "galegos" também...

Continuamos a andar e logo depois retomou a palavra com a doçura habitual.

— Já reparaste que não há nada mais cediço[47] que as notícias de Petrópolis?

— Quase não as leio — respondi.

— Fazes mal; é preciso que nos preocupemos com as culminâncias de nós mesmos... Não te patenteias? Interessa-te por Petrópolis, homem!... Insignificantes, embora, merecem atenção as notícias de lá... É só quem *sobe*, quem *desce*, não há dúvida!... Não censuro um cronista mundano que se preocupa com quem *sobe*, mas com quem *desce*! Não é lá muito do seu ofício; deixe isso para a irmã Paula... E não é só isso! O pior é que são notícias iguais às de qualquer lugar, vulgares, chatas... Que pobreza!...

— Que espécie de notícias queria o senhor?

— Eu?

— Escândalos mundanos?

— Qual! É vulgar! Queria reformas, revoluções, inversões nos valores chiques.

— Como?

— Imagina tu que um ousado filósofo do Manual da Civilidade — espécie zoológica que deve florescer na bela cidade da serra — lembra-se de inverter o consagrado no DONT; e que, aceitando as suas audazes ideias, a sociedade petropolitana obriga a nos vir dizer, com grave escândalo para a Cidade Nova e Catumbi, a seguinte delícia: agora, em Petrópolis, come-se com a faca e os casamentos são feitos em pijama. Oh! Gozo! Demais, tudo

46. *Aucun chemin de fleurs ne conduit à la gloire*: "Nenhum caminho de flores leva à glória".
47. Cediço: entendiante, maçante.

tem sido invertido, baralhado, passado do branco para o preto, só o *savoir vivre*[48] mantém-se no mesmo!... Não é possível! Exige-se uma inversão em tão transcendentes regras, não achas?

— É certo; mas a culpa então não é do noticiarista; é de Petrópolis.

— Por quê?

— Não tem história e pouca fantasia.

— Gente feliz!

Por esse tempo desembocávamos diante do mar. Tínhamos atravessado pequenas plantações de aipim, batata-doce, abóbora; a estrada era aqui, ali, ladeada de capinzais e cercas de maricá. No alto de um morro, lavravam e quem guiava os bois era uma rapariga portuguesa, que tinha um grande chapéu de palha de coco e um lenço vermelho de Alcobaça ao pescoço. O mar...

Parecia mesmo um rio. Na frente, margem esquerda, o manicômio com suas vetustas[49] mangueiras joaninas e o seu campo liso e arenoso. Um ilhote ficava no meio do canal e tinha ainda em pé as paredes de um sobrado.

Perguntei o que era aquilo a Gonzaga.

— É o Cambambe. Aquelas paredes foram de um sobrado em cujo andar térreo havia uma venda.

— Ali! Para quê?

— Antes das estradas de ferro, as comunicações com o interior se faziam pelo fundo da baía, por Inhomerim, porto da Estrela, hoje tapera; e daí até ao cais dos Mineiros, em faluas que passavam por aqui. Os tripulantes destas é que sustentavam a venda que existiu há cinquenta anos naquele ilhéu sem uma árvore.

Gonzaga lembrou-me depois que Estácio de Sá viera a morrer do ferimento por frecha,[50] recebido em combate, naquela Ilha do Governador, que estava ali, na minha frente.

Olhei o canal, segui com o olhar as mangueiras centenárias do Galeão, demorei-o sobre as paredes enegrecidas do ilhote; e, quando pousei os olhos nas águas mansas do canal, como que vi as canoas de Estácio de Sá com os seus frecheiros[51] e mosqueteiros deslizarem, levando o conquistador para a morte...

---

48. *Savoir vivre*: saber viver.
49. Vetustas: antigas.
50. Frecha: o mesmo que flecha.
51. Frecheiros: arqueiros.

V – O PASSEADOR

O que me maravilhava em Gonzaga de Sá era o abuso que fazia da faculdade de locomoção. Encontrava-o em toda parte, e nas horas mais adiantadas. Uma vez, ia eu de trem, vi-o pelas tristes ruas que marginam o início da *Central*; outra vez, era um domingo, encontrei-o na Praia das Flechas, em Niterói. Nas ruas da cidade, já não me causava surpresa vê-lo. Era em todas, pela manhã e pela tarde. Segui-o uma vez. Gonzaga de Sá andava metros, parava em frente a um sobrado, olhava, olhava e continuava. Subia morros, descia ladeiras, devagar sempre, e fumando voluptuosamente, com as mãos atrás das costas, agarrando a bengala. Imaginava ao vê-lo, nesses trejeitos, que, pelo correr do dia lembrava-se do pé para a mão: como estará aquela casa, assim-assim, que eu conheci em 1876? E tocava pelas ruas em fora para de novo contemplar um velho telhado, uma sacada e rever nelas fisionomias que já mais não são objeto... Não me enganei. Gonzaga de Sá vivia da saudade da sua infância gárrula[52] e da sua mocidade angustiada. Ia em procura de sobrados, das sacadas, dos telhados, para que à vista deles não se lhe morressem de todo na inteligência as várias impressões, noções e conceitos que essas coisas mortas sugeriram durante aquelas épocas de sua vida. Entendi que havia nele uma parada de sentimento e que o volumoso caudal, de encontro ao dique incógnito, crescera com os meses, com os anos, subira muito, e se extravasara pelas coisas, pelo total de vivo e de morto que lhe assistia viver. Um dia faltou à Repartição (contou-me isso mais tarde) para contemplar, ao sol do meio-dia, um casebre do Castelo, visto cinquenta e tantos anos atrás, em hora igual por ocasião, de uma *gazeta* da aula primária. Pobre Gonzaga! A casa tinha ido abaixo. Que dor! Assim, vivendo todo o dia nos mínimos detalhes da cidade, o meu benévolo amigo conseguira amá-la por inteiro, exceto aos subúrbios, que ele não admitia como cidade nem como roça, a que amava também com aquele amor de coisa d'arte com que os habitantes dos grandes centros prezam as coisas do campo. Desse modo era um gosto ouvi-lo sobre as coisas velhas da cidade, principalmente os episódios tristes e pequeninos. Com uma memória muito plástica, de uma exatidão relativa mas criadora, ele não tinha securas de foral, de cartas de arrendamento ou sesmaria, nem tinha inclinação por tais documentos; e animava a

---

52. Gárrula: tagarela, que canta muito.

narração pontilhando-a de graça, de considerações eruditas, de aproximações imprevistas. Era um historiador artista e, ao modo daqueles primevos poetas da Idade Média, fazia história oral, como eles faziam as epopeias. Das coisas, dois ou três aspectos feriam-no intensamente e sobre eles edificava uma outra mais bela e mais viva. Certa vez, não sei a que propósito, lembrei-me de observar ao meu amigo o seguinte:

— Este Rio é muito estrambótico. Estende-se pra aqui, pra ali; as partes não se unem bem, vivem tão segregadas que, por mais que aumente a população, nunca apresentará o aspecto de uma grande capital, movimentada densamente.

Ele me ouviu calado e depois me disse com aquela pausa de que dispunha certas vezes:

— Pense que toda a cidade deve ter sua fisionomia própria. Isso de todas se parecerem é gosto dos Estados Unidos; e Deus me livre que tal peste venha a pegar-nos. O Rio, meu caro Machado, é lógico com ele mesmo, como a sua baía o é com ela mesma, por ser um vale submerso. A baía é bela por isso; e o Rio o é também porque está de acordo com o local em que se assentou. Reflitamos um pouco. Se considerarmos a topografia do Rio, havemos de ver que as condições do meio físico justificam o que digo. As montanhas e as colinas afastam e separam as partes componentes da cidade. É verdade que mesmo com os nossos atuais meios rápidos de locomoção pública ainda é difícil e demorado ir-se do Méier a Copacabana: gastam-se quase duas horas. Mesmo do Rio Comprido às Laranjeiras, lugares tão próximos na planta, o dispêndio não será muito menor. S. Cristóvão é quase nos antípodas[53] de Botafogo; e a Saúde, a Gamboa, a Prainha graças àquele delgado cordão de colinas graníticas — Providência, Pinto, Nheco — ficam muito distantes do Campo de Santana, que está na vertente oposta; mas com o aperfeiçoamento da viação, abertura de túneis, etc., todos os inconvenientes ficarão sanados.

Esse enxamear de colinas, esse salpicar de morros e o espinhaço da Serra da Tijuca, com os seus contrafortes cheios de vários nomes, dão à cidade a fisionomia de muitas cidades que se ligam por estreitas passagens. A *city*, o núcleo do nosso glorioso Rio de Janeiro, comunica-se com Botafogo, Catete, Real Grandeza, Gávea e Jardim, tão somente pela estreita vereda que se aperta entre o mar e Santa Teresa. Se quiséssemos fazer o levantamento da cidade com mais detalhes, seria fácil mostrar

53. Antípodas: locais diametralmente opostos.

que há meia dúzia de linhas de comunicação entre os arrabaldes[54] e o centro efetivo da cidade.

É que o Rio de Janeiro não foi edificado segundo o estabelecido na teoria das perpendiculares e oblíquas. Ela sofreu, como todas as cidades espontâneas, o influxo do local em que se edificou e das vicissitudes sociais por que passou, como julgo ter dito já.

Se não é regular com a estreita geometria de um agrimensor; é, entretanto, com as colinas que a distinguem e fazem-na ela mesma.

Ao nascer, no topo do Castelo, não foi mais do que um escolho[55] branco surgindo num revolto mar de bosques e brejos. Aumentando, desceu pela venerável colina abaixo; coleou-se[56] pelas várzeas em ruas estreitas. A necessidade da defesa externa, de alguma forma, obrigou-as a ser assim e a polícia recíproca dos habitantes contra malfeitores prováveis fê-las continuar do mesmo modo, quando, de piratas, pouco se tinha a temer.

O quilombola e o corsário projetaram um pouco a cidade; e, surpreendida com a descoberta das lavras de Minas, de que foi escoadouro, a velha S. Sebastião aterrou apressada alguns brejos, para aumentar e espraiar-se, e todo o material foi-lhe útil para tal fim.

A população, preguiçosa de subir, construiu sobre um solo de cisco;[57] e creio que D. João veio descobrir praias e arredores cheios de encanto, cuja existência ela ignorava ingenuamente. Uma coisa compensou a outra logo que a Corte quis firmar-se e tomar ares solenes...

Quem observa uma planta do Rio tem de sua antiga topografia modestas notícias, define perfeitamente as preguiçosas sinuosidades de suas ruas e as imprevistas dilatações que elas oferecem.

Ali, uma ponta de montanhas empurrou-as; aqui, um alagadiço dividiu-as em duas azinhagas simétricas, deixando-o intacto à espera de um lento aterro.

Vamos às casas e aos bairros. Um observador perspicaz não precisa ler, ao alto, entre os ornatos de estuque, para saber quando uma delas foi edificada. Esse casarão que contemplamos a custo na Rua da Alfândega ou General Câmara é dos primeiros anos da nossa vida independente.

---

54. Arrabaldes: subúrbios, arredores.
55. Escolho: rochedo que fica à superfície da água.
56. Coleou-se: moveu-se como uma serpente.
57. Cisco: acúmulo de partículas e fragmentos em um trecho de terreno, material levado pela enxurrada causada pela chuva.

Vede-lhe a segurança ostensiva, como que quer parecer mais seguro que uma catedral gótica; a força demasiada das paredes, a espessura das portas... Quem a fez saía das lutas da Independência, do 1º reinado e vinha seguro de possuir uma terra sua para viver a vida eterna da descendência.

O tráfico de escravos imprimiu ao Valongo e aos morros da Saúde alguma coisa de aringa[58] africana; e a melancolia do cais dos Mineiros é saudade das ricas faluas, pejadas[59] de mercadorias, que não lhe chegam mais de Inhomerim e da Estrela.

C'est le triste retour...[60]

O bonde, porém, perturbou essa metódica distribuição de camadas. Hoje (ponho de parte os melhoramentos), o geólogo de cidades atormenta-se com o aspecto transtornado dos bairros. Não há terrenos mais ou menos paralelos; as estratificações misturam-se; os depósitos baralham-se; e a divisão da riqueza e novas instituições sociais ajudam o bonde nesse trabalho plutônico.

No entanto, esse veículo alastra a cidade; mas serve aos caprichos de cada um, de forma a fazer o rico morar num bairro pobre e o pobre morar num bairro rico.

O mal é o isolamento entre eles; é a falta de penetração mútua, fazendo que sejam verdadeiras cidades próximas, pedindo, portanto, órgãos próprios para levarem até aos ouvidos das autoridades as suas necessidades e os seus anseios, mas o aperfeiçoamento da viação sanará tudo isto.

Mas, se a sua topografia criou essas dificuldades, deu à nossa cidade essa moldura de poesia, de sonho e de grandeza. É o bastante!

Não tive senão que lhe dizer que tinha toda a razão.

VI – O BARÃO, AS COSTUREIRAS E OUTRAS COISAS

Tendo aconchegado bem no duro banco, os seus vastos anos cheios de meditações e cisma, Gonzaga de Sá noticiou-me:

— O Barão hoje de manhã recebeu um poeta.

— E daí?

58. Aringa: campo fortificado de reinos africanos.
59. Pejadas: cheias, carregadas.
60. *C'est le triste retour...*: "É o triste retorno...".

— O poeta, extraordinariamente inquieto, visivelmente embaraçado, foi-lhe perguntar se devia grafar amor com maiúscula.

— E o Rio Branco?

— Que não era conveniente no meio do verso; mas, no começo, quase se impunha.

— Tenho satisfação em ver de que modo superior vai o Barão influindo nas nossas letras.

— E com espírito!... Ah! o Barão!

Gonzaga de Sá não pôde deixar-se ficar no êxtase que esse título lhe provocava apesar de achar o Paranhos, como ele chamava às vezes o ministro, uma mediocridade supimpa, fora do seu tempo, sempre com o ideal voltado para as tolices diplomáticas e não com a inteligência dirigida para a sua época. Era um atrasado, que a ganância das gazetas sagrou e a bobagem da multidão fez um Deus. O que Gonzaga admirava era o título dado pelo imperador. Por essa ocasião, ao pensar eu nisto, repimpado em um luxuoso automóvel de capota arriada, passou, com o ventre proeminente atraído pelos astros, o poderoso ministro de Estrangeiros. Ao ver através das grades do jardim passar o Barão, desdenhoso e enjoado, Gonzaga de Sá me disse:

— Este Juca Paranhos (era outro modo de ele tratar o Barão do Rio Branco) faz do Rio de Janeiro a sua chácara... Não dá satisfação a ninguém... Julga-se acima da Constituição e das leis... Distribui o dinheiro do Tesouro como bem entende... É uma espécie de Roberto Walpole... O seu sistema de governo é a corrupção... Mora em um palácio do Estado, sem autorização legal; salta por cima de todas as leis e regulamentos para prover nos cargos de seu Ministério os bonifrates[61] que lhe caem em graça. Em falta de complicações diplomáticas, ele as arma, para mostrar o seu atilamento[62] de Tayllerand, ou a sua astúcia bismarckeana. É um autocrata, um quediva,[63] porque *isto* é bem um futuro Egito... Ele estudou — é verdade — as nossas questões de limites, mas nunca falou no Joaquim Caetano, nem no velho Teixeira de Melo. Propositadamente, esqueceu-os; e fez que as gazetas os esquecessem também... Quando o imperador leu o *L'Oyapock e l'Amazone* de Joaquim Caetano, disse que o livro valia um exército de seiscentos mil homens. Ganha Juca a questão do Amapá,

61. Bonifrates: pessoas levianas, inúteis.
62. Atilamento: sensatez.
63. Quediva: título do vice-rei do Egito de 1867 a 1922.

recebe dotação, pensão e os filhos também; entretanto a filha de Joaquim Caetano vive miseravelmente... É isto! Este Rio Branco é egoísta, vaidoso e ingrato... O seu ideal de estadista não é fazer a vida fácil e cômoda a todos; é o aparato, a filigrana dourada, a solenidade cortesã das velhas monarquias europeias — é a figuração teatral, a imponência de um cerimonial chinês, é a observância das regras de precedência e outras vetustas tolices versalhesas. Não é bem com Luís XIV que tem pontos de contato; ele imita D. João V, sem Odivelas, talvez, mas o imita. Tivemos um cardeal por muito dinheiro. Foi uma espécie de sino monstro da Mafra, que era o orgulho do rei português.

Nós estávamos sentados num banco do Campo de Santana. Tínhamos marcado o encontro ali, para que ele me mostrasse onde ficava exatamente o "Teatro Provisório". Depois de ter cumprido a promessa, deixamo-nos ficar sentados, apreciando a tarde e conversando.

Em dado momento surgiu, na nossa frente, uma *menina bonita*, acompanhada da notável complacência das velhas mães das *meninas bonitas*. Aqueles visitantes do Campo de Santana nos surpreenderam; e a *menina bonita*, lentamente, passou diante de nós, catando olhares nos escassos frequentadores daquele parque abandonado. Era ovelha tresmalhada; não pertencia ao grupo das que são vistas às vezes naquele jardim. Cheirava à Rua do Ouvidor e ao balcão (bar) de Botafogo. Contudo, nem mesmo ao olhar decrépito de Gonzaga de Sá e ao meu estonteante de plebeísmo, ela perdoou. Levou-os para casa, quando desfilou diante de nós vagarosamente. Fiquei-lhe agradecido do fundo do coração...

— Até o dia de hoje — disse-me Gonzaga de Sá, ao perder as duas mulheres de vista —, em que já vou contando mais de sessenta anos de existência, eu me lastimo de não ter tido uma longa e perfeita intimidade com alguma costureira.

Eu, a quem a convivência com tão precioso e excepcional superior hierárquico permitira que se me penetrasse um pouco de seu feitio mental, pus-me doidamente a tirar conclusões daquele seu pequeno desgosto:

— Era de fato bastante instrutivo, pois ficarias (já o tratava por tu e você) admiravelmente apto para julgar a correção, do corte dos vestidos das grandes damas com o que obterias um critério inerrável para estabelecer a escala de suas almas. De mais a mais, as condições do ofício devem dar às moças das oficinas uma forma de espírito especial e rara. Inconscientemente, hão de comparar a nudez das ancas e a frugalidade dos braços nus das suas ricas freguesas com o fascinador, retumbante e fornido aspecto que toma o corpo delas sob fazendas caras com acolchoados hábeis; hão de observar também a iníqua natureza dual das paixões que elas e as freguesas inspiram aos homens... Que influência maravilhosa, meu Deus! exerce a cassa[64] sobre os nossos sentimentos! Está aí uma pura questão de tecelagem, que provoca curiosas reações psíquicas! Tudo isso — continuei a dizer, com certo entusiasmo — há de romper em excelentes sarcasmos dignos do ouvido de uma alma magoada.

— Tens razão, menino. Com a tesoura do seu humilde ofício, criam a beleza das profissionais, donde: orgulho, que se choca com a percepção da sua real situação — daí o sarcasmo.

A mim supreendera-me o jeito matemático que Gonzaga de Sá dava ao resumo das minhas palavras; mas bem cedo percebi que troçava, quando me disse com aquele seu meio sorriso cético:

— Estamos, pelo que vejo, fazendo uma pretensiosa meditação sobre a costureira. E não é sem importância — acrescentou logo o meu dorido amigo —, na nossa sociedade vestida, uma meditação sobre tão curioso agente, infinitesimal e ignorado, da grandeza e da majestade das altas camadas representativas. Para se verificar quanto a ação desses pálidos infusórios da sociedade é benéfica, alta e fecunda, basta supor por um instante todas as grandes damas dos *upper ten thousands*,[65] malvestidas, simplesmente *ajambradas*[66] ou nuas. Reduzida ao mínimo ou a nada, a sua beleza obumbrante,[67] por inferência iríamos examinar os fundamentos da grandeza dirigente de seus maridos e pais. A crítica, com tal estímulo, estender-se-ia e a massa por contágio, impregnada de um irrespeito anárquico e desmoralizante, faria a sociedade naufragar. De resto, não são precisas tantas justificativas; a ciência de hoje faz a corte aos infinitesimais, aos pequeninos... Está aí um ponto de contato entre os políticos de sufrágio universal e os homens de laboratório.

— Ponto de contato sobremodo honroso para ambos — disse eu então.

— Não era bem disso que eu queria falar — emendou Gonzaga de Sá com aquela sua voz pausada, cheia de mansuetude[68] e bondade. — Eu lastimava não ter tido uma longa e perfeita intimidade com alguma

64. Cassa: tecido bastante leve e transparente.
65. *Upper ten thousands*: frase criada pelo escritor estadunidense Nathaniel Parker Willis (1806-1867), que designa os 10 mil mais ricos de Nova York (Estados Unidos da América).
66. Ajambradas: desajeitadas; malfeitas.
67. Obumbrante: apagado, sem brilho.
68. Mansuetude: mansidão, calma.

costureira, pela razão de ter ficado até hoje ignorante dos atavios, das rendas, dos gêneros, espécies, raças e variedades dos chapéus e dos vestidos. Darwin sentiu durante toda a vida não ter aprendido álgebra; eu lastimo não conhecer a técnica da "Notre-Dame".

Ao me dizer Gonzaga de Sá que ignorava completamente tão transcendente departamento da vida; que não tinha as menores noções de conhecimento tão útil à filosofia das paixões, à ciência dos costumes e à análise das cristalizações sociais, diminuiu-se-me a admiração que eu lhe tinha e tão tumultuária se mostrava desde o início das nossas relações.

Gonzaga de Sá estava rebaixado a meus olhos. Platão não conhecer o vestuário das damas de Atenas — era possível? Como se saberão ao certo os fortes motivos da custosa nomeação de tal delegado ao Congresso de Repressão da Vadiagem dos Cães, na Itália, se não se souber com exatidão de que fazenda era a saia de mlle. Zedolin que dançou num baile chique e partiu para a Europa pouco antes daquela nomeação? Um vestido possui sempre um imenso poder vibratório na nossa sociedade; é um estado d'alma; é uma manifestação do insondável mistério da nossa natureza, a provocar outras em outros. E como Gonzaga de Sá, um sábio, um pensador, um sutil anotador da vida, não lhe tinha estudado a história natural?

— Enfim — disse-me ele —, pode parecer que naquela procura de fazendas, de rendas, naquele ajustamento torturado de panos às carnes, há o anseio de um ideal de plástica superior, etérea, imponderável, acima da grosseria dos nossos corpos terrestres; que há em tudo aquilo alguma coisa de desinteressado, de espontâneo, dela para ela; mas, qual! Sabes para que aquilo tudo?

— Para quê?

— Para arranjar um casamento, quatro filhos e criar um cavador a mais, malcriado, feroz e exigente. Ignóbil! Algumas, ainda por cima, aprendem violino...

Foi então que me arrependi de ter mal julgado o meu excelente e arguto amigo. Ele não parava nos detalhes; talvez mesmo não soubesse o que era *voile*,[69] *nanzouk*,[70] *escossez*,[71] *soutache*,[72] e outras sabenças de costureira; mas atingira a lei básica, a filosofia primeira do vestuário feminino e — quem sabe? — masculino. Uma única objeção poderia surgir a ela. Porque

69. *Voile*: o mesmo que voal, tipo de tecido fino.
70. *Nanzouk*: o mesmo que nanzuque, tecido fino de algodão.
71. *Escossez*: o mesmo que escocês, tecido com listas cruzadas e cores vivas.
72. *Soutache*: o mesmo que sutache, trança de tecido para adornar vestimentas.

se vestirão bem as damas fáceis? Tudo se resume, para manter o seu rigor generalizante, em modificar um pouco, na noção de casamento, o dado de sua duração. Feito isso, a lei Gonzaga de Sá é perfeitamente rigorosa e verdadeira. Mas aquele olhar que a *menina bonita*, por misericórdia, deitou-me decididamente me enterneceu. Eu me pus de repente a favor das damas contra a elegante indelicadeza de Gonzaga de Sá:

— Oh! Gonzaga! Que perversidade! Não te apiedas, vais esmagando...

— Não; absolutamente não. Os indivíduos me enternecem; isto é, o ente isolado a sofrer; e é só! Essas criações abstratas, classes, povos, raças, não me tocam... Se efetivamente não existem!? E, pelo conceito literário, filosófico, sociológico e religioso — mulheres — tenho até uma grande afeição de ordem puramente intelectual — bem entendido! — para que não haja contradição.

— Afeição?

— Na verdade; e é infinita e absorvente.

— Espantas-me.

— Não me acuses de inconsequência. Apieda-me o individuo a sofrer — já to disse; mas, certas criações intelectuais nossas, incapazes de me provocar o sentimento profundo que posso nutrir por uma pessoa, são contudo bem reais para me despertar, às vezes, simpatia ou indiferença no campo abstrato que lhes é próprio. Detesto a antropologia e amo a crítica religiosa. Foi meu anseio, quando moço, logo ao ler Renan, partir para a Europa e estudar o hebraico, o sânscrito e o zend, mas... não me foi possível. É que algumas criações da inteligência humana são orgânicas, articuladas e perfeitas; não resultam de aproximações, da escolha de certos dados e abandono de outros, arbitrariamente; não provêm de médias guerreiras. Deves ter reparado que o recurso aritmético da média tudo avassalou. É um recurso poderoso e razoável para certos aspectos da nossa atividade; mas perfeitamente impróprio para dar a feição sentimental de uma classe, de um povo, ou mesmo traduzir as suas determinantes da inteligência e caráter. Por sua própria natureza, a inteligência, o caráter, e os aspectos sentimentais, com o suporem a sociedade, são tiranicamente individuais. O gênio é Rousseau, não são os suíços... Poderias dizer: na média no Rio de Janeiro, por ano, nascem tantas pessoas, pois trata-se aí de números; mas errarias grosseiramente, se dissesses que na média os cariocas são felizes. A felicidade, sensação tão volátil, instável, irredutível de homem a homem, é coisa diferente, e não consente média a abranger centenas, milhares e milhões de seres humanos. Imagina tu que mme. Belasman, de Petrópolis, tem um grande joanete, um defeito hediondo, com o qual sobremaneira sofre; e o operário Felismino, da Mortona, orgulha-se em possuir um filho com talento. Mme. Belasman vive acabrunhada com a exuberância de seu joanete. Passou a meninice a sofrer por ele, a adolescência foi-lhe uma angústia; e tão insignificante aumento de seu pé, na sua consciência, reflete-se duradouramente, continuadamente, com as manifestações mais inacreditáveis e aterrorizantes; entretanto, Felismino, quando bate rebites, sorri e antegoza o estrondo que uma parcela do seu sangue vai causar na sociedade. Os companheiros acreditam no doido, e já porque uma vez ele se tenha referido entusiasticamente às brilhantes qualidades do filho, criou para este, dois ou três inimigos. Está sagrado! Quem é mais feliz — pergunto — mme. Belasman ou o sr. Felismino? E, à vista disso, poderás dizer que todas as damas de Petrópolis são felizes e os operários de fundição são desgraçados? Há média possível para a felicidade das classes? Nós, os modernos, nos vamos esquecendo que essas histórias de classe, de povos, de raças, são tipos de gabinete, fabricados para as necessidades de certos edifícios lógicos, mas que fora deles desaparecem completamente: — Não são? Não existem. Compreendem-se a *esfera*, o *cubo*, o *quadrado*, em geometria; mas fora daí, é em vão querer obtê-los. E de tal modo este engano está agitando a nossa opinião, que, parece-me, vai ressurgir o famoso debate escolástico dos "universais". Tu o conheces, não é?

— Mal.

— Encheu a Idade Média a pergunta: certas ideias gerais são uma realidade? Existem, de fato, ou não, fora dos indivíduos que as concebem? Por séculos a opinião se dividiu, o debate se alongou; e houve entre os sábios partidários apaixonados — realistas e nominalistas como hoje, nos nossos *cavalinhos*, entre seus juvenis frequentadores, há azuis e verdes. O moderno debate ainda não se estabeleceu; embora isso, eu sou *conceitualista*, como Abelard; e, por sê-lo, é que tenho pena de mme. Belasman em face do orgulho do Felismino da Fundição da Mortona...

A noite caía rapidamente. A tarde, dúbia, apressara-lhe a queda e não nos dera senão um monocrômico crepúsculo de chumbo, com bambolinas[73] de teatro. Por nós uma caleça[74] descoberta, suja e feia, passou, sopesando um par gordíssimo, que parecia não temer a tempestade que se anunciava. Tínhamos deixado o parque e descemos pachorrentamente a

73. Bambolinas: partes do cenário do teatro que simulam o céu.
74. Caleça: carruagem própria para viagens.

Rua da Constituição, sem medo também do aspecto torvo da tarde. Depois da caleça estalou uma leve charrete, cuja passagem pôs alguma coisa de alado, de independente e petulante, naquele ambiente taciturno. Nós dois, por minutos quando no Largo do Rossio, estivemos sem nada dizer, parados, olhando para um lado e outro, até que Gonzaga me disse:

— Vamos ainda ao Garnier, pois quero comprar o Poincaré — *La Science et l'Hypothese.* Depois iremos jantar umas petisqueiras. Descemos a avenida em direção à Rua do Ouvidor.

VII – PLENO CONTATO

Quando fui à Secretaria dos Cultos tratar da questão do cardeal, falei em primeiro lugar, como era natural, com o diretor-geral dos cultos católicos, o Barão de Inhangá. Era um velho funcionário do tempo do Império que se fizera diretor e barão, graças ao seu nascimento e à sua antiguidade de funcionário. Homem inteligente, mas vadio, nunca entendera daquilo nem de coisa alguma. Entrara como chefe de seção e durante as horas de expediente o seu máximo trabalho era abrir e fechar a gaveta da sua secretária. Foi feito diretor e, logo que se repimpou no cargo, tratou de arranjar outra atividade. Em falta de qualquer mais útil aos interesses da pátria, o barão fazia a toda hora e a todo o instante a ponta no lápis. Era um gasto de lápis que nunca mais se acabava; mas o Brasil é rico e aprecia o serviço de seus filhos. Quando completou vinte e cinco anos de serviço, foi feito barão. Como dizia, falei-lhe em primeiro lugar e ele me mandou ao chefe da seção "De Alfaias e Paramentos". Logo que entrei na sala, feriu-me o destaque original de Gonzaga de Sá. O chefe da seção era uma mediocridade das mais banais; mas senti em Gonzaga muita naturalidade, muita força nas suas maneiras e um forte ar de segurança no seu alto semblante, em V. Depois de expor ao diretor da seção o objeto da minha visita, ele tomou o "papel" que eu levava e escreveu ao alto de uma das folhas:

— Ao sr. Gonzaga de Sá para informar e dizer a respeito.

Fomos, eu e o contínuo que me acompanhava, até o oficial designado e tive verdadeira alegria em verificar que era aquele de quem me afeiçoara ao entrar. Reparei que, antes de escrever, o magnífico chefe das "Alfaias e Paramentos" meneou a caneta ao jeito de um esgrimista e pareceu-me que a tinta lhe ia, pingando do nariz tímido e vermelho. O seu cursivo, ao fim de minutos, naquelas minguadas letras, surgiu caprichoso, floreado e abundante de uma respeitabilidade de escritura caldaica.[75] Segui o "papel" até à mesa de Gonzaga de Sá, a quem expus a atroz dificuldade. À luz da leitura vagarosa do processo, o simpático informante considerou bem o caso; e, em breve, sorrindo com a sua úmida boca de moça, perguntou-me:

— Por que não se houve a Secretaria da Propaganda, em Roma?

Logo, porém, tomando da pena, num *papagaio*, pôs-se a informar com a solenidade requerida. Fora tão brusca a passagem de uma atitude à outra, e os gestos revelaram-me tão bem as suas duas pessoas, que senti imediatamente, como se escondia sob aquelas formalidades passageiras a palpitação moça de uma inteligência livre, que se adaptara superiormente ao feitio espiritual de sua terra e à sua própria fraqueza de gênio prático. Foi verdadeiramente daí que nasceram as nossas relações. Por meses seguidos, nós nos encontramos rapidamente, cumprimentando-nos com as maiores *arras*[76] de simpatia. Insensivelmente, esses encontros demoraram-se e, portanto, melhor eu pude ir percebendo que se ocultava sob o seu azedume habitual, uma grande alma compassiva. Em começo, pareceu-me que ele sistematizara o ressaibo amargo de alguns pequenos desgostos, para formar um temperamento original; mas, com o tempo, verifiquei que não havia em todas as suas manifestações nada de buscado, de procurado — tudo nele era estrutural e as suas originalidades lhe tinham vindo naturalmente e foram-se fazendo com o lento trabalho sedimentar do tempo, do isolamento, da bondade e do íntimo sofrimento. Então, desconfiei que uma grande mágoa lhe turvara a mocidade, e que essa mágoa, por não a ter nunca confessado, por não lho consentir a sua reserva, ficou-lhe imprecisa, vaga e fugidia. Procurei decifrá-la e concebi hipóteses. Não vinha de amor; seria vulgar demais para Gonzaga de Sá. Entretanto, não afianço... No meu amável amigo, a crítica precedia qualquer ato; e assim o amor não faz males. Enfim... Teria tido sempre esse gênio? Ele mesmo me confessara que, a bem dizer, se esquecera de casar; e só lhe passara isso pela ideia nas duas vezes já aludidas. Seria de alguma delas que lhe vinha a mágoa? Não sei! Contudo, uma ou outra vez, surpreendi-lhe certos gestos estranhos.

Ao entrar de manhã na seção dos Paramentos, vi de longe que Gonzaga de Sá desenhava; e quando deu comigo, escondeu grosseiramente o papel. Não era um tal movimento da sua educação e eu pude ver, de relance, que se tratava de uma fisionomia humana. Uma tarde, num botequim em

---

75. Caldaica: relativa aos caldeus.

76. Arras: demonstrações, provas.

Copacabana, fui dar com o meu velho amigo a rabiscar a carteira. Tomava notas, disse-me, e eu acreditei.

Afora tais gestos, nada me revelava que houvesse nele qualquer mossa[77] de um brusco choque com a vida. Poder-se-ia, para arranjar uma explicação do seu estado d'alma, admitir que a mágoa lhe andava esparsa na desigualdade de sua natureza, na variedade de suas aptidões, sem uma preponderante e vitoriosa, na sua amarga e dorida visão da vida e no seu anelo de absoluto. Havia nele um drama de organização e inteligência ou o que havia?

Fiz, como verão, todas as hipóteses, mas nunca nenhuma me satisfez; entretanto, para não cansar o leitor, eu lembrarei como Poe (creio eu) que a verdade está sempre na hipótese mais simples, ao que Comte ajunta: a mais simpática. Cada um que faça a sua de acordo com esses conselhos.

Por uma tarde clara de quinta-feira, foram me lembrando tais coisas, enquanto palmilhava o caminho que ia ter à casa do meu amado amigo. Acompanhava-me por ele afora, de envolta com essas agradáveis recordações, uma grande e exuberante alegria na alma. O contato ia ser pleno, e a visita dar-nos-ia o perfeito enlace das nossas almas. Caminhava como para um quarto de núpcias. Mais do que o jantar e as águas-fortes[78] que ele me convidara a folhear, levavam-me à sua casa a simpática curiosidade de viver o interior e o desejo de saborear a sua inteligente palestra, paradoxal e um tanto sentenciosa. Na nossa terra de submissão antecipada, o paradoxo encanta, mesmo sob o aspecto sentencioso. Subi devagar uma rua em ladeira, pelas bandas da Candelária; e bati palmas, com respeito, no portão do jardim de sua velha casa, lá quase no alto de Santa Teresa. Veio-me abrir a porta um preto velho, da raça daqueles pretos velhos que sofreram paternalmente os caprichos das nossas anteriores gerações.

— Senhor Gonzaga de Sá?

— Nhonhô?

— Sim, meu velho.

Entrei para a sala principal da casa, da qual mestre Gonzaga de Sá fizera a sua de estudos. Tinha o teto em tronco de pirâmide retangular e estucado, e as estantes, a não ser nos vãos das janelas e portas, eram pequenas, da altura

77. Mossa: comoção, abalo emocional.

78. Águas-fortes: técnica de pintura que se baseia no uso de ácido nítrico, obras produzidas com essa técnica.

do peitoril da janela, e guarneciam a sala em toda a extensão das quatro faces. Por cima delas, ao jeito de um longo consolo, havia bustos, quadrinhos e minerais insignificantes; e, nas paredes, além de dois ou três pequenos quadros a óleo, uma reprodução da *Primavera* de Botticelli e um Rouget de Lisle, cantando pela primeira vez a "Marselhesa". Havia também sobre a secretária um busto de Júlio César e, pregado à parede em que ele se encostava, bem alto, um magnífico retrato do Dante, enquadrado em moldura vulgar. Lia-se-lhe embaixo, em letras góticas, este verso do *Inferno*: *Amor, che a nullo amato amar perdona.*[79] Pairava por toda a sala o olhar transcendente de um mocho[80] de bronze, empoleirado na "bandeira" da porta de entrada. Com isso, tudo em muita ordem e sem luxo, havia desordem só na grande mesa do centro, em que livros, revistas, papéis se baralhavam familiarmente. Uma cadeira de balanço destinava-se às longas meditações vadias; à direita da mesa, uma cegonha de pescoço esticado, naquele meneio arisco de cabeça tão característico desse pernalta, presidia com elegância e desconfiança ao laboratório das cismas e dos pensares de Gonzaga de Sá.

Vasos com pequenas palmeiras e avencas estavam espalhados por entre tudo isso. Recebeu-me de pé, com um pequeno jornal na mão.

— Pontual. Cinco horas.

— Pensei não te encontrar ainda. Foste visitar o compadre aos subúrbios?

— Fui. Pobre compadre! Vai mal; depois da viuvez piorou muito...

Gonzaga de Sá baixou um tanto a cabeça e, depois, bruscamente, como quem quer afastar uma ideia triste, acrescentou:

— Fui. Cada vez mais interessantes, os subúrbios. Sobremodo namoradores e feministas...

— Feministas?

— Feministas! Como não? A atividade intelectual daquela parte da cidade, ao se entrar no trem, parece estar entregue às moças... Tal é o número das que trazem livros, violinos, rolos de música, que a gente se põe a pensar: estamos no reino da *Grã-Duquesa*?[81] Conheces a *Grã-Duquesa*?

— Não.

— É uma opereta de Offenbach em que as mulheres são homens, fazem guerra, têm exércitos... Eu a vi pelo Vasques... Que graça tinha esse ladrão! Dizia muito bem, com muita malícia — se o nenê chorar, quem

79. *Amor, che a nullo amato amar perdona*: "Amor, que o ser amado a amar obriga".
80. Mocho: ave de rapina.
81. *Grã-Duquesa*: referente à obra *A grã-duquesa de Gérolstein*, do compositor alemão Jacques Offenbach (1819-1880).

há de lhe dar de mamar? Ah! O Vasques! Que saudade!… Nos subúrbios, dá vontade de perguntar — quem há de dar de mamar aos futuros filhos dessas meninas?

— Não há perigo algum — disse-lhe eu. — Quando vier o casamento, fecham as gramáticas, queimam as músicas, e começarão a repetir a história igual e enfadonha de todos os casamentos burgueses ou não.

— Há de ser assim mesmo, pois a eternidade de nossa espécie parece repousar sobre bases sólidas. Que achas?

— De pleno acordo — repliquei eu. — Basta que as mulheres, sejam quais forem as condições delas, não pensem em outra coisa e queiram-na de qualquer modo até o ponto de fazer a raça humana a mais perfeitamente desgraçada de todas as raças, espécies, gêneros e variedades animais e vegetais do planeta. Eu as acuso!

— Às vezes penso dessa maneira, sem dúvida de natureza alguma; mas, depois, surge cada coisa que… Há duas horas, na estação da Piedade… Mas… Vênus é uma deusa vingativa, dizem.

Eu me tinha sentado no divã, junto à porta de entrada e mestre Gonzaga de Sá na cadeira de balanço. Entre nós, em todo o seu comprimento, havia a grande mesa do centro. O meu amigo tinha-a ao alcance da mão, enquanto eu estava um pouco afastado. Pelas janelas abertas entrava a branda viração da tarde, e as emanações do jardim eram trazidas por ela e se dissolviam pelo ambiente todo. Olhando as deliciosas figuras do melancólico Sandro, discorria o meu generoso amigo:

— Há duas horas, na estação da Piedade, esperava eu o trem. Afinal, foi ele anunciado. Daí a instantes apontou, ao tempo em que um homem atravessava a linha um pouco a montante da estação. Avisos… gritos… gestos… O trem apita. O homem entontece, ataranta-se e é apanhado — mas de que maneira, meu Deus?! O limpa-trilhos levanta-o, atira-o sobre aquela espécie de plataforma-proa — sabes? O animal agarra-se a um ferro e a locomotiva acaba parando, bem junto à estação, trazendo o pobre homem de cabeça partida, humilhado, ensanguentado, mas vivo, vivinho, aparvalhado, sucumbido, completamente esmagado de terror diante daquela besta paleontológica que ele mesmo inventara. A eternidade da nossa espécie repousa sob bases sólidas, Machado.

Ouvindo uma voz na sala, voltei-me.

— Machado: minha tia Escolástica — apresentou-me Gonzaga de Sá.

Que linda figura de velha era a dela. Muito clara, com uns olhinhos verdes e um miúdo perfil de criança. Tudo era candura e simpatia naquela velha solteirona. A alvura de seu casaco ressaltava extraordinariamente, imaculada, e seus cabelos brancos, já com aquele tom amarelo da grande velhice, eram apanhados em bandos, com uma rede de linha preta. Não me pude demorar mais, vendo-lhe a fisionomia de septuagenária. Gonzaga de Sá pediu licença e foi com ela ao interior da casa dar uma providência. Voltou logo. Houve tempo, porém, para que eu, indiscretamente, pudesse ver sobre a mesa uma folha de papel rabiscado. Havia oito ou dez narizes desenhados sucessivamente e por mão inábil que se esforça em vazar uma forma que viu ou já ouviu e ainda tem em mente. Que singular mania, meu Deus.

— Não imaginas — disse-me ao entrar — como estes pombos me dão trabalho.

— Crias pombos?

— Crio. Gosto das aves, especialmente dos pombos, do seu voo, das íris das penas do seu pescoço, da sua graça, da sua natureza intermediária de ave de terreiro e de voo... O brutamontes do meu gato mete-lhes medo; mas os pobrezinhos voam para o sol... Já tens fome?

— Não.

— Mandei trazer um pouco de vinho Bucellas branco. Gostas?

— É delicioso.

Dentro em pouco o velho preto Ignácio entrou com os copos e a garrafa numa bandeja.

— Deixa aí, Ignácio.

Embora Gonzaga de Sá falasse com toda a brandura, o pobre velho quase deixou cair a garrafa.

— Não imaginas, menino, que tesouro de dedicação há nesse homem. Eu não sei donde ele o tira e de que maneira argamassou tão grandes sentimentos. Nasceu escravo, uns dias antes de mim; meu pai o libertou na pia, por isso. A mim me acompanha desde os primeiros dias do nascimento. É um irmão de leite. Viu-me nas atitudes mais humildes; apreciou-me em propósitos repugnantes; assistiu ao desmoronamento da grandeza da minha casa familiar; entretanto, não sendo, como parece a todos, destituído de inteligência crítica, sou para ele o mesmo, o mesmíssimo, cuja representação se lhe fez na consciência, no correr dos seus primeiros lustros de vida. Eu não o chego absolutamente a compreender. Acho-o obscuro; mas me deslumbra — é grandioso! Às vezes, confesso, me parece uma subalterna dedicação animal; às vezes, também confesso, me parece um sentimento divino... Eu não sei, mas amo-o.

Não fora sem comoção que Gonzaga de Sá me dissera isso; houve como um ligeiro êmulo na sua voz e, talvez para disfarçar, foi que pegou de um pequeno jornal de província, passando o olhar ligeiramente por ele.

— Lês a *Gazeta de Uberaba*? — indaguei.

— Leio. Um amigo, político lá, manda-me.

— Que ele te mande, não é de admirar; mas que a leias!...

— Leio. Gosto dos jornais obscuros, dos jornais dos que iniciam. Gosto dos começos, da obscura luta entre a inteligência e a palavra, das singularidades, das extravagâncias, da livre ou buscada invenção dos principiantes.

— Estás como o meu amigo Domingos Ribeiro Filho, que diz: todo o vitorioso é banal.

— Concordo com ele, mas unicamente no meu estreito ponto de vista pessoal.

— Decerto.

— Eu assino a *Pesquisa*, de Cascadura. Está ali um exemplar. Tira. — E apontou uma estante junto de mim.

— Esta?

— Sim. Lê o sumário.

Tinha em mãos a *Pesquisa*, de Cascadura, em cuja capa, feia e suja, a envolver uma má brochura de sessenta páginas, li vagamente: *Literatura subjacente*; *Teixeira de Souza, o estilista e o romancista*, por Gualberto Marques; *Halos*, poesia por Beltrando F. de Souza; *O pintor Manuel da Cunha e os coloristas fluminenses do Século XVIII*, por Aymbiré Salvatore; *O temperamento na ciência*, por I. K.; *A matemática dos árabes e hindus e o cálculo diferencial em face da geometria grega*, por Karl von Walposky da Costa; *Da necessidade de corromper a língua portuguesa falada no Brasil*, por Bruno Uricury Furtado; *A desassociação da matéria e o inabalável científico*, por Frederico Balspoff de Mello; *Os casos do mês e os seus comentários*, crônica por Baldonio Flaron.

Em seguida pus-me a folhear, lendo aqui e ali as páginas da suburbana publicação mensal. Não o fiz sem surpresa. Causava admiração que em tão detratado subúrbio, se agitassem tantas ideias diferentes e novas. Gonzaga manteve-se calado, sem perder um só dos meus gestos. Gozava...

— Cascadura dando a nota, hein?

— É verdade.

— À vista dos nossos grandes jornais e revistas catitas, a *Pesquisa*, de Cascadura, é uma bela publicação intelectual. — Folheei ainda uma vez a brochura; li trechos aqui e ali e depois disse:

— Curioso é que haja tanta gente obscura capaz de escrever sobre assuntos tão elevados. Conheces algum?

— Nenhum; mas o que te surpreende?!... Há entre nós muito talento. O que não há é publicidade, ou antes, a publicidade que há é humilhante, além de completamente destituída de vistas superiores.

— Como?

— Muito simplesmente... Analisemos: quais são os meios de publicidade?

— O jornal e a revista.

— ... e o livro — concluiu Gonzaga de Sá.

— O livro também.

— Um jornal, dos grandes, tu bem sabes o que é: uma empresa de gente poderosa, que se quer adulada e só tem certeza naquelas inteligências já firmadas, registradas, carimbadas, etc., etc. Demais, o ponto de vista limitado e restrito dessas empresas não permite senão publicações para os leitores medianos, que querem política e assassinatos. Os seus proprietários fazem muito bem, dão o que lhes pede o público... Se não consultam as médias, têm que lisonjear os potentados, os graúdos, porem-se a serviço deles — gente, em geral, perfeitamente estranha ao tênue espírito brasileiro e que não quer saber de coisas do pensamento desinteressado... Além disso, são necessárias mil curvaturas, para chegar até eles, os grandes jornais; e, quando se chega, para não escandalizar a média e a grande burguesia, onde eles têm a sua clientela, é preciso atirar fora o que se tem de melhor na cachola.

— E as revistas?

— São a mesma coisa, tendo a mais as fotografias.

— Não há entre nós — continuou ele — aquela procura que estimula a argúcia dos editores e empresários de publicidade do estrangeiro — a da inteligência viva e nova. Qual o quê! Satisfazem-se os nossos negociantes de livros e jornais com o ramerrão[82] e para variar mandam buscar a novidade em Portugal. Sofreiam o nosso pensamento, porque, quem não aparece no jornal, não aparecerá nem no livro, nem no palco, nem em parte alguma — morrerá. É uma ditadura.

— Você deve dividir a culpa... E o público? E os autores?

— O público é maleável, é dirigível; os autores, estes sim, têm culpa. Entretanto, eu achei um meio de travar conhecimento com a jovem

82. Ramerrão: ladainha.

inteligência de minha terra: leio as revistas obscuras e alguns jornais de província. Se a dor da rima e do metro aumentam a beleza da poesia, a escassez do espaço dá um grande realce aos artigos das pequenas revistas. Adivinha-se muito do que os autores não puderam dizer; inventando-se também muito do que nem sequer lhes passou pela mente... Sugere?

— É possível que tenhas raras emoções na leitura das pequenas revistas, mas nos jornais de província — tão cheios de política e intriga!

— Engano! Este número da *Gazeta de Uberaba* é um desmentido perfeito ao que asseveras.

— Ora! Questiúnculas![83]

— Questiúnculas! Homessa![84] Altas questões sociais, meu amigo! Cuida da indústria pastoril e diplomacia!

Ao dizer isto, Gonzaga de Sá foi-se levantando aos poucos, pondo-se afinal de pé e fazendo menção de ler, com o jornal à altura dos olhos.

Olhei um instante à janela. As nuvens esgarçavam-se nas cumeadas das montanhas e cobriam-se diversamente à luz macia do poente. Aqui, era laranja; ali, púrpura, ouro, anil, cinzento; ora, franjavam-se; ora, em novelos; ora, em fitas, em barras, tomando as mais caprichosas e instáveis formas, com as mais belas cores dos belos céus.

Gonzaga de Sá não teve tempo de pronunciar uma palavra. Iluminada, com uma luz de retábulo,[85] na porta de comunicação, d. Escolástica, a tia, apareceu, convidando:

— Venham jantar.

Fomos. Gonzaga de Sá levou o jornal.

VIII – O JANTAR

D. Escolástica obrigara-me a passar diante dela e Gonzaga de Sá seguira--nos com o jornal na mão. Penetramos na sala contígua, onde parei um bocado, a ver os retratos de família. O mestre não rompera com a tradição, que os quer na sala de visitas. Aí os tinha, e não no seu gabinete de trabalho. Havia uma galeria de mais de seis veneráveis retratos de homens de outros tempos, agaloados,[86] uns, e cheios de veneras, todos; e de algumas senhoras. Sem bigodes, de barba em colar, com um olhar imperioso e

83. Questiúnculas: questões inúteis.
84. Homessa!: Ora essa!
85. Retábulo: obra de arte que fica no altar.
86. Agaloados: guarnecidos, enfeitados.

sobrecenho carregado, um deles me pareceu que ia erguer o braço de sob a moldura dourada, para sublinhar uma ordem que me dizia respeito. Cri que ia ordenar: *metam-lhe o bacalhau.*[87] Virei o rosto e fui pousar o olhar na figura impalpável de uma moça com um alto penteado cheio de grandes pentes, muito branca, num traje rico de baile alto de outros tempos.

— Quem é? — perguntei.

— Minha avó, em moça, mãe de meu pai. Viveu em França, assistiu à revolução.

Demorei-me olhando o retrato e os meus sentimentos já eram outros. A fisionomia benévola da moça, terna, irresistivelmente meiga, fizera-me esquecer a carranca do velho de barba em colar.

— Gostaste? Tem alguma coisa da Escolástica, não achas?

— Parecem-se.

— Quando moça, era exatamente, dizia meu pai, exceto os olhos que, em Escolástica, puxam para o verde e, nela, eram profundamente azuis, de Minerva. Não parece nada com os outros meus avós, cujas fisionomias dão a entender que tinham da vida uma visão de carrasco.

— Você tem cada propósito, Manuel. Pareces doido... Ele foi sempre assim. Nunca se o pode entender — disse para mim a velha tia.

— Não há desrespeito nenhum... Cada um na sua época — refletiu Gonzaga. — Por mais que não queira, homem do meio, o meu retrato para os pósteros deve ter alguma coisa de parecido com o do de um homem de prego. O onzenário,[88] sob este ou aquele disfarce, é o homem representativo da época...

E seguimos para a sala de jantar, não sem que eu deitasse um longo olhar sobre aqueles velhos móveis de jacarandá, tão amplos e fortes que se diria feitos para outra raça de homens que não a nossa, aquela que vemos por aí nas ruas, nos teatros, nas regatas, nas corridas, mesquinha e sórdida.

D. Escolástica sentou-se à esquerda; Gonzaga de Sá à cabeceira, e eu à sua direita. Pela janela nas duas extremidades da sala, fiquei vendo o exterior. Desciam pelo flanco bruscamente claro da pedreira, pequeninos negrumes de gente; à esquerda, na chapada do morro, uma palmeira adelgaçava-se pelos ares.

— Gostaste da casa?

— Gostei.

---

87. Metam-lhe o bacalhau: falem mal, critiquem.

88. Onzenário: agiota.

— Foi de meu pai... Que sacrifícios para ficar com ela! Não queiras nada com a justiça, pois quase sempre é a única herdeira. Felizmente conservei-a.

— Foi a única vez que te vi ativo — refletiu d. Escolástica.

— Pudera! Eu amava o ambiente, as vistas, o teto, as paredes...

— Quase não mudou nada — observou a tia.

— Alguma coisa. Aquela palmeira, por exemplo — explicou Gonzaga de Sá, apontando a janela —, é nova.

— Nova! Tem mais de vinte anos — fez d. Escolástica.

— Nova, sim! Se não nos viu nascer...

Olhei ainda uma vez a altiva elegância da árvore, lá, muito no alto, pairando sobre toda a cidade, e a beijar as nuvens radiantes. Há mais de vinte anos sofria a violência inconstante dos ventos; há mais de vinte anos escapava à raiva traiçoeira do raio; há mais de vinte anos suportava o rugido inofensivo do trovão... Todas essas negações, e as outras vindas da terra dura, granítica e pobre, fizeram-na maior, mais airosa, deram-lhe mais orgulho e atiraram-na aos ares altos. Hoje, plana sobre tudo, sobre a cidade, sobre a ingratidão do granito e olhará compassiva e desdenhosa as pobres e cuidadas árvores que enfeitam as ruas. O jantar começou a ser servido por um copeiro dos seus dezoito anos. Acabando de tomar a sopa, Gonzaga de Sá que tinha o pequeno jornal na mão, disse-me:

— Eu não quero adiar o prazer que te prometi.

— Qual?

— A leitura destas lindas crônicas da *Gazeta de Uberaba*.

— Vamos ver.

— Trata-se da chegada a Uberaba de...

— Alguns poetas?

— Não.

— De naturalistas?

— Não. Trata-se da chegada de reprodutores zebus. O jornal ocupa-se com o fato em três colunas e começa assim: "*Ainda uma vez Uberaba teve ensejo de constatar o quanto pode a iniciativa dos seus filhos, etc., etc.*".

Continuou a ler e, em outro ponto, disse-me:

— Guarda esta frase: "*batedores de uma nova cruzada etc.*".

Emendou a leitura e, em dado momento, chamou-me a atenção:

— Olha este pedaço: "*embora o adiantado da hora, grande massa de povo, calculada em cerca de quinhentas pessoas, etc.*". Que multidão! Hein?

Reencetou[89] a leitura e não tardou em interrompê-la para sublinhar certo trecho.

— Nota que houve música: "*então*" (quando chegaram os touros e as vacas) "*a banda 'Santa Cecília' rompeu brilhante dobrado e nutridas aclamações se fizeram ouvir*". Vivam as vacas! — acrescentou Gonzaga.

Seguiu por diante a sua leitura e, em certo ponto, disse-me:

— Observa este pedacinho: "*vieram alguns indivíduos 'nelore'... destacando-se um pelo belo porte e excepcional beleza...*".

Abaixou o jornal e considerou:

— Imagina tu quantas vacas amorosas não o esperavam em Uberaba.

A tia, a esse tempo, repreendeu-o:

— Que é isso, Manuel, acaba de jantar!

O jantar daí por diante correu calmamente, sem a intervenção do gado zebu. Aproveitando o incidente d. Escolástica pôs-se a narrar-me a estranheza da vida do sobrinho. Não parecia um velho, não tinha horas para nada, não tinha método algum. Comia a toda a hora; levantava-se alta noite e saía; passava dias fora de casa, com um e com outro. Parecia verdadeiramente um cigano, desses que vivem ao deus-dará.

— Não sei ainda como vives — rematou d. Escolástica com aquele seu ar natural e untuoso.

— Ora! — fez ele.

— Há dias que ele me chega aqui — continuou d. Escolástica para mim — à meia-noite... E sem jantar! Não sei onde anda... Chega cansado... E não é tudo: há noites que passa em claro a ler, a ler...

Admirou-me muito o interesse afetuoso com que ela seguia a vida do sobrinho.

Revelava um desvelo diário, minuto a minuto, de dia e de noite...

— Tu não me compreendes, Escolástica, apesar de me teres criado.

— Sim, decerto; essas maluquices... Essas tuas vagabundagens...

E o diálogo continuou assim, com uma frescura juvenil de amuo entre irmãos de vinte e poucos anos.

— É verdade que o Manuel sempre foi extravagante. Uma vez — ela se pôs a me contar —, meu irmão, o pai, foi agarrá-lo na janela do sótão. Desce, Manuel, desce! Que fazes aí? O senhor sabe o que ele respondeu?

— !...

---

89. Reencetou: reiniciou.

— Quero voar, papai. — Meu irmão repreendeu-o muito e Manuel chorou o resto da tarde.

— Era bem meu pai — lembrou Gonzaga de Sá. — Alto, meticuloso, muito grave e solene — conheceste?

— Não; nem podia.

— É verdade.

— Esteve no Paraguai?

— Não. Já não podia. Depois da guerra contra Rosas, em 1852, ficou no magistério, como lente da Escola Central — explicou-me Gonzaga de Sá. — Estava já muito alquebrado, em 1865, quando rebentou a guerra contra Lopes.

— Tiveste um irmão que morreu na campanha?

— Tive; o Januário, o mais velho.

— E os outros?

— Todos morreram sem descendentes. Só uma irmã, a Maria da Glória, que vive ainda na Bahia, onde o marido é desembargador aposentado, é que teve filhos, quatro penso eu, que já lhe devem ter dado netos. Não a vejo há trinta anos e não lhe escrevo há cinco.

— É a mais moça?

— Não; sou eu. Ela é mais velha do que eu um ano e pouco.

— E tua mãe, morreu muito moça?

— Não; em boa idade. Deixou-me com oito anos. Quem me criou foi Escolástica.

Ao dizer tais palavras, houve na voz do meu amigo um pequeno tremor; entretanto, era banal o fato que a frase lembrava e o jantar chegou à sobremesa, entremeado por esse diálogo. O café foi servido na sala de visitas, com as janelas abertas para as bandas de Niterói que começava a iluminar-se. A sala ainda não tinha luzes e havia uma grande paz no exterior. Casas do morro começavam a iluminar-se e todas pareciam contemplar-nos com simpatia. A palmeira, em pé, muito firme, adormecera. Uma cigarra estridulou[90] no jardim e mais depressa nos vieram as cismas. A cigarra calou-se. Fumávamos, eu e Gonzaga, e olhávamos o morro, enxergando pouco.

— Como estará o Romualdo?

— Como vai ele? — perguntou d. Escolástica.

90. Estridulou: emitiu um som estridente.

— Muito mal. E o Aleixo Manuel, aos oito anos, tão vivo, tão excepcional... Coitado! Sem as doçuras maternas já; agora, o pai... Como vai ser sempre a sua alma cheia de arestas...

— Ele tem ido ao colégio, Manuel? — fez-lhe a tia.

— Vai. É uma criança extraordinária, muito mesmo; já lê desembaraçadamente e calcula... Ah! Se for o gênio esperado!... Quem dera!?

Gonzaga pôs-se a olhar interrogativamente. A sala estava quase em treva completa e, na indecisão dos traços de sua cabeça, eu só via o seu grande olhar que me envolvia todo, respirando vaticínios[91] de simpatia. D. Escolástica ergueu-se da cadeira, olhou um pouco a janela, depois voltou-se e disse, destacando palavra por palavra:

— Está escuro. Acende as luzes, Manuel.

E os bicos de gás foram acesos vagarosamente. O velho piano Erard, de cauda, monstruoso, muito grande, surgiu todo inteiro na sala iluminada, como um animal fantástico. Mal as luzes brilharam, a paz externa quebrou-se. Houve um pequeno sussurro e a vida das coisas continuou.

— D. Escolástica não toca?

Esta pergunta eu lhe fiz por mera polidez, visto que a sua avançada idade já a devia ter separado do velho instrumento.

— Há trinta e tantos anos que não.

— Desgostou-se??

— Desde que ouvi o Gottschalk não tive mais ânimo de me sentar ao piano. Só quem o não ouviu! Era macio, que coisa! Tinha não sei o que nas mãos...

E a velha senhora queria achar palavras, modismos que transmitissem a grande impressão que lhe fizera o pianista e suas músicas; e, com o esforço, o seu olhar de esmeralda tomou mais brilho, correndo por ele uns lampejos de mocidade breve apagados.

— Nunca ouviste peças dele? — perguntou-me Gonzaga de Sá.

— Uma ou outra.

— Merecia ouvi-las. São bem diferentes da música dos mestres europeus — seca, cerebral, sem raízes na nossa sensibilidade americana. O Gottschalk era fantástico, dolente, impetuoso... Aqui, ele provocou um delírio geral.

— Gostavas muito, não era, Manuel? Lembro que foste a todos os concertos com teu pai. Falavas muito na *Morta*, no *Poeta*...

---

91. Vaticínios: prognósticos.

— … na *Savana*, na *Bamboula*, nos *Olhos crioulos* — concluiu Gonzaga de Sá. — Que entusiasmo gerou! E estávamos em guerra com o Paraguai… Não foste, Escolástica, ao concerto monstro?

— Não; mas fui ao benefício[92] da Stoltz. Nunca houve aqui um benefício como o dela. Manuel era muito menino; tinha onze ou doze anos. Eu fui. Hoje, quando me recordo, me parece estar vendo a sala do Provisório repleta e linda de senhoras e moças. Depois da ária *O mio Fernando!*, da *Favorita*, houve um estrépito[93] de palmas, flores e flores, brindes. A duquesa de Abrantes, sobre uma almofada por ela própria bordada, manda-lhe uma coroa. A sala delirou — coroai-vos! coroai-vos! Flores, gritos, flores, gritos… A Stoltz hesita, afinal põe o emblema na cabeça. Que mulher! Nem que fosse uma rainha!

E eu refletia comigo mesmo sobre a ingenuidade daquela sociedade; e d. Escolástica continuava:

— Parecia uma palma só — todas ao mesmo tempo…

— Meses depois, vinham as descomposturas, as perlongas parlamentares, os epigramas — não foi, Escolástica? — observou Gonzaga.

— É verdade. Tudo aqui é assim: muita festa, muita festa, depois…

— Houve até uns versinhos — continuou Gonzaga — que ficaram famosos. Diziam-nos do Francisco Otaviano:

Que importa que digam que é velha, que é feia,
que pinta os cabelos, que enfeita o carão.

Gonzaga de Sá tinha lágrima nos olhos e a tia olhava para o teto cheia de beatitude. Admirei-me e disse:

— Como te lembras!

— Ora!… A cidade os soube de cor durante dez anos.

— O Lírico foi sempre o nosso fraco — refleti.

— Influência do Império. O Provisório custou rios de dinheiro. Precisava-se de um salão, de um lugar de encontro para a grande gente. Nós não tínhamos palácios, não havia uma educação mundana… Acrescia a falta de cultura das altas classes. Sem que, em geral, tivessem recebido um forte preparo, na mocidade, a gente rica, os plantadores, os grandes negociantes, e mesmo os políticos, só podiam compreender a música e a ópera,

92. Benefício: espetáculo beneficente.
93. Estrépito: som estrondoso.

no Teatro — lugar em que pouco se fala. Era preciso uma casa elegante para poli-los com auxílio da arte. A ópera tem esta vantagem, é fácil, compreensível, popular, por mais que os magnatas queiram-na fazer transcendente. Quem, durante vinte, trinta anos, esteve fora das coisas da inteligência, pôde compreendê-la do pé para a mão, sem esforço. A ideia do imperador, ao iniciar uma aristocracia, foi aproveitar essa música, para reuni-la, obrigá-la a se encontrar, a se falar, a se casarem entre si. Falhou. A nobreza não se fez e o Lírico degenerou em moda idiota, sempre com o mesmo espírito curto, mas sempre em roda de tolos. Procura exemplo, hoje, na sala do Lírico os grandes nomes de 52. Onde estão? Onde param os filhos, os netos? Não se sabe...

D. Escolástica nada dizia. Naturalmente, nada compreendia daquelas ilações[94] do irmão. Eu fiquei surpreso, embora Gonzaga de Sá já me tivesse habituado a tudo. Pelas oito horas despedi-me e vim descendo a ladeira devagar. Tinha penetrado no passado, no passado vivo, na tradição. Em presença daqueles velhos bons que me falavam das coisas brilhantes de sua mocidade, tive instantaneamente a percepção nítida dos sentimentos e das ideias das gerações que me precederam. Em torno daquele legendado "Provisório", grotesco e formalista, que eles evocaram, pude ver os trabalhos e as virtudes dos antepassados e, também, seus erros e seus crimes. Vim descendo... Lançara mais uma raiz; estava mais firme contra as pressões externas, senti que sorvera também uma gota de veneno. Tomei o elétrico. No primeiro banco sentei-me, e me pus a mastigar ideias. Atravessei a rua do Catete e, muito animado, o rococó Largo da Glória. Vi o velho Passeio regurgitando. Tinha mastigado ideias... Não há civilização isenta de crimes e de erros — concluí. Estava na Estação. Saltei.

IX – O PADRINHO

Uma tarde no Café Papagaio, vendo pastar pela Rua Gonçalves Dias afora, de baixo para cima, de um lado para outro, grandes mulheres estrangeiras, cheias de joias, com espaventosos chapéus de altas plumas, ao jeito de velas infunadas ao vento, impelindo grandes cascos; vendo-as passar a pé, de carro, abarrotadas de pedrarias, e ouro, e sedas roçagantes, centralizando os olhares do juiz, do deputado, do grave pai de família, das senhoras honestas e das meninas irrepreensíveis, eu me lembrei de uma frase de Gonzaga de Sá: a dama fácil é o eixo da vida. Recordei que aquelas mulheres todas

94. Ilações: deduções, inferências.

tinham vindo vazias, com alguns vestidos de segunda mão e muitas malas ocas, mas chegavam com a sua alvura polar, com as faces rubras, com seus estranhos olhos azuis e o prestígio das velhas raças de que se originavam. Saíam de Bordeaux ou do Havre, *comme un vol de gerfauts*;[95] chegavam com a estranha fisionomia dos mármores que os séculos consagraram; e seus cabelos dourados faziam estremecer os ares, as casas, as almas da cidade. As próprias pedras do cais sentiam-nas, tornavam-se macias a seus pés e a mica do granito procurava ter faiscações de diamantes. E daí, iam transtornando tudo pelas ruas em fora. O vetusto palácio vice-real apurava-se, queria ser airoso, e, todo gamenho,[96] se punha a remexer escaninhos em esquecidos aposentos ocultos, para descobrir riquezas. O bronze da estátua, ao sol, tinha uns longes[97] de ouro; e as mulheres paravam a ver o fascinante brilho. Na Rua 1º de Março, as montras[98] dos cambistas, ao perfume estrangeiro das recém-vindas, quase se desventram e se abrem prodigamente a lhes dar moedas e notas, muitas e muitas. Elas seguem... É a Rua do Ouvidor. Então é a vertigem; todas as almas e corpos são arrebatados e sacudidos pelo vórtice. Há uma energia poderosíssima nelas todas e nas coisas de que se vestem; há atração, fascinação para esquecimento de nós mesmos e apagamento da nossa personalidade na luminosidade dos seus olhos. É mágico e sobrenatural. Esvaziam-se os pecúlios[99] pacientemente acumulados; vão-se as heranças que tantas dores resumem, e os cofres das repartições e dos bancos sangram... As inteligências trabalham, as imaginações associam elementos para estelionatos, peculatos[100] e concussões... E tudo acaba nelas; é para elas que se encaminham as riquezas ancestrais, em terras longínquas, em gado nédio e plantações virentes.[101] São para elas que se drenam os ordenados, os subsídios; é a elas também que vão ter o fruto dos roubos e os ganhos das tavolagens.[102] É uma população, um país inteiro que converge para aqueles seres de corpos lassos.[103] E elas continuavam a passar muito grandes, bojudas, como cascos antigos rebocados pelos grandes chapéus de altas plumas,

95. *Comme un vol de gerfauts*: "Como um voo de gerifalte" (tipo de falcão); trata-se de um trecho do poema "Les conquérants" (Os conquistadores), de José María de Heredia (1842-1905), poeta cubano naturalizado francês.
96. Gamenho: astuto, esperto.
97. Longes: resquícios, indícios.
98. Montras: mostruários.
99. Pecúlios: economias, reservas de dinheiro.
100. Peculatos: desvios de dinheiro público.
101. Virentes: verdejantes.
102. Tavolagens: o mesmo que tabulagens, vícios de jogo.
103. Lassos: depravados, devassos.

ao jeito de velas infunadas ao vento. Passavam às duas, às quatro, como frotas, aquelas frotas de outros tempos esquadras de naus, de caravelas, de galeões que vinham às Américas buscar a prata de Potosí e ouro do coração do Brasil. E a civilização se faz por meios tão vários e obscuros que me pareceu que elas, como os veneráveis galeões que evocavam, traziam às praias do Brasil as grandes conquistas da atividade europeia, o resultado do difícil e lento evolver dos milênios. Lembrei-me então duma frase de Gonzaga de Sá. Disse-me ele uma vez no Colombo:

— Estás vendo estas mulheres?

— Estou — respondi.

— Estão se dando ao trabalho de nos polir.

De fato, elas nos traziam as modas, os últimos tiques do Boulevard, o andar *dernier cri*,[104] o pendeloque[105] da moda — coisas fúteis, com certeza, mas que a ninguém é dado calcular as reações que podem operar na inteligência nacional. A sua missão era afinar a nossa sociedade, tirar as asperezas que tinham ficado da gente dada à chatinagem e à veniaga[106] dos escravos soturnos que nos formaram; era trazer aos intelectuais as emoções dos traços corretos apesar de tudo, das fisionomias regulares e clássicas daquela Grécia de receita com que eles sonham. Quantas delas não inspirariam belos versos e quantas não viviam nos períodos arredondados deles! Não era só. Os maridos que as frequentassem levariam aos lares, ao conselho daquelas estrangeiras, o sainete mais moderno, o bibelô última moda, e o móvel, e o tecido, e o chapéu, e a renda. Assim, ateariam o comércio e estimulariam o contato entre a nossa terra e os grandes centros do mundo, requintando o gosto e luxo. Voltariam com o ouro, as que escapassem aos flibusteiros;[107] mas espalhariam o Brasil sob o aspecto malévolo, é de crer — mas espalhariam... E a civilização se faz por tantos modos diferentes, vários e obscuros, que me parecem ver naquelas francesas, húngaras, espanholas, italianas, polacas bojudas, muito grandes, com espaventosos chapéus, ao jeito de velas infunadas ao vento, continuadoras de algum modo da missão dos conquistadores. A alguns dos nossos amigos, de costume, encontrava naquele café. Como fossem chegando, lentamente afastei-me desses pensamentos, para atender aos assuntos que lhes era agradável e que lhes ocorria falar. Ao café, vínhamos conversar. As palestras variavam e eram instáveis. Ocasiões havia em

104. *Dernier cri*: expressão francesa que significa o que está em auge na moda; "último grito" (da moda).
105. Pendeloque: berloque, penduricalho.
106. Veniaga: tráfico, comércio.
107. Flibusteiros: trapaceiros.

que, começando pelo comentário do último rolo do Cassino, acabávamos examinando as vantagens de uma grande reforma social. Todos nós éramos reformadores. Pretendíamos reformar a moral e a literatura, com escalas pelo vestuário feminino e as botinas de abotoar. Nesse dia, na primeira mesa perto à porta de entrada, aos poucos, reunimo-nos quatro: o Amorim, o Domingos, o Rangel e eu. Quase completo o *Esplendor dos amanuenses*, pois assim denominávamos aí nossas reuniões, em vista da profissão da maioria dos convivas — amanuenses, que tinham as suas grandes horas de satisfação e jocundo prazer ali, em torno daquela mesa e com uma orgia regada a café, entre o enfado da Repartição e as agruras de lares difíceis. O Rangel, aquarelista do futuro, mas na atualidade genial pintor para o gasto das etiquetas das casas comerciais, chegara por último. Continuava na *Tragédia*, uma peça de teatro japonês de sua invenção, interminável, com uma centena de atos, que ia sempre acabar na Rua da Carioca, no Zé dos Bifes, um luculesco[108] hoteleiro, meigo e bom, que dava jantares por 600 réis, árduos de procurar e obter. O Pedreira passou, com o seu conhecido fraque de abas esvoaçantes e um longo pescoço de galináceo, misto de *tesoura* ao sabor do vento e de galo que come o milho aos grãos. Rangel quis ir-se, mal chegou, mas instado, ficou ouvindo as nossas palestras superempíreas.[109]

— Lá vai o lorde Max…

— Vocês sabem donde lhe vem a mania de inglês? — fez Amorim.

— Não — disse alguém.

— Ele traduzia para os seus alunos, em Cruz Alta, o "Graduated", com uma lista de significados nos punhos.

— Não sei — observou o Rangel —: impa!

— Um super-homem! — considerou o invejoso Domingos.

— Que diabo chamam vocês super-homem? — pergunta o Rangel.

— Um cidadão que fica além do Bem e do Mal — é simples.

Rangel ficou satisfeito com a explicação, e ficou a ouvir o Domingos, que falava, movimentando a avelhantada fisionomia de romano antigo, fisionomia desgostosa de Sêneca que não tivesse sido preceptor de príncipe. Dizia ele:

— Em meu parecer, nesse negócio de amor o que vale são os preliminares, os estados d'alma preambulares, a agonia da esperança de obter ou não o objeto amado. Mas, quando, se o toca…

---

108. Luculesco: indivíduo rico que ostenta sua posição social.
109. Superempíreas: muito divinas, celestes.

— Fura-se a bolha de sabão — concluiu o Amorim.

Não pudemos ir além no desenvolvimento desse velhíssimo tema que, não sabemos como, havia ocorrido na nossa conversa. Inesperadamente, o meu querido amigo Gonzaga de Sá entrava no café. À chegada do velho funcionário à nossa ruidosa roda causou-me surpresa. Não tinha aquele ódio fingido pelos cafés, que é de hábito encontrar-se em todo o sabichão estéril e infalível. Por certa conversa que tive com ele, concluí que Gonzaga de Sá os achava indispensáveis à revelação dos obscuros, à troca de ideias, ao entrelaçamento das inteligências, enfim, formadores de uma sociedade para os que não têm uma à sua altura, já pela origem, já pelas condições de fortuna, ou para os que não se sentem bem em nenhuma. A sua velhice tolerante refletida compreendia que eu lá fosse, mas a sua misantropia de velho não lhe permitia tomar parte direta no seu ruído. Gonzaga de Sá trajava rigorosamente de preto, conforme seu hábito, mas, em vez de paletó-saco, trazia a grave sobrecasaca. Era a primeira vez que eu o via com esse traje, tão querido dos doutores e comendadores; e o meu despretensioso amigo aparecia-me, assim, com a respeitabilidade precoce de um jovem ministro. Os seus grandes olhos, macios e lentos, nas órbitas de uma curvatura regular e suave, estavam vermelhos. O resto da fisionomia era calma e os seus gestos não apresentavam modificação sensível. Ao aparecer o venerável velho, os meus amigos calaram-se e, a todos, a sua austera figura impressionou. Levantei-me e falei-lhe à parte. Ele me disse:

— O compadre acaba de morrer... Vim tratar do enterro... Preciso de ti para lhe carregar o caixão. Vem, Machado... Vem, Machado; espero esse serviço da tua piedade...

Fui, como me impunha a amizade e a admiração que eu tinha por aquele velho. E ambos, par a par, fomos andando pela rua em fora. O meu amigo, calado, de quando em quando sustinha um grande ofego...[110] Eu, já via o cadáver, na nudez estúpida de coisa e, apesar dela, com uma interrogação a que ninguém até hoje respondeu com segurança — o que vamos ser depois *disto*?

Vi-o sair de casa, no caixão, as grinaldas, o coche, os soluços sinceros, os pêsames, as condolências dos profissionais de cerimônias fúnebres; depois, a cova e o trabalho misterioso da decomposição. E pareceu-me que a sua voz; que as doces coisas que ela exprimira e mesmo as más; que as noções, as ideias, os sentimentos que aquela inteligência adquirira em vida, se tinham agrupado em uma existência imperceptível para fugir daquela massa

---

110. Ofego: respiração rápida e agitada.

a desfazer-se… E as mulheres passavam, moças ou velhas, feias ou bonitas, de todas as cores, roçavam-me, e nunca em seus olhos, nunca em suas faces eu vi tanto brilho, nunca as vi com aquele estranho fulgor, com aquela fascinação, com aquela força de absorção… A luz tinha mais doçura, as fachadas mais beleza, o calçamento não era áspero… E eu ia ver um morto!

Tomamos o bonde no Largo de S. Francisco. O veículo ia cheio. Viajei comprimido, com volúpia, sofrendo aquele contato humano; dando-me bem ao absorver a maior porção de calor vital do meu semelhante próximo. Não estava só no mundo e toda aquela gente tinha que morrer, como eu…

O trem, também cheio. Na fila ao lado, em *vis-à-vis*,[111] sentaram-se quatro sujeitos. Havia, entre eles, um gordo senhor, com uma calva de sábio e uma barriga comercial e financeira. Era o mais tagarela. Não se cansava de falar, de criticar, de maldizer a polícia, o governo, os gastos deste, a vadiação dos deputados, dos funcionários públicos, e a desonestidade dos juízes. Quando o trem se pôs em movimento, ele, dirigindo-se ao companheiro de defronte, pediu:

— Dá-me a tua *A Notícia*.

O outro respondeu, certo de que fazia espírito:

— Queres dar-me 200 réis por ela?

O vizinho ao lado do sábio — comendador, por aí, tirou o mesmo jornal do bolso e passou-lho.

— Obrigado — agradeceu o de barriga de comendador e calva de sábio. — Não preciso mais da tua — continuou ele para o tal dos 200 réis. — De outra vez, quando viajar contigo, hei de ter a precaução de trazer sempre dinheiro trocado… Não me fio em gazeteiros…

E, sem que ninguém esperasse, sem que houvesse o mínimo motivo, todos os quatro romperam numa gostosa gargalhada.

Gente fácil de rir-se, pensei eu. Enfim, o riso brota de acordo com a inteligência de cada um. O "subúrbio" já estava em movimento. Deixei de observar os quatro curiosos personagens, virei o rosto e, pela portinhola, pus-me a ver a paisagem, os morros altos e azulados, o verde-claro das campinas, o verde-escuro das encostas, as fagulhas de luz, as hastilhas[112] de alegria no ar, as palmeiras melancólicas… Um dia viria que tudo isso havia de fugir dos meus olhos… Porque não sou assim como aquele barrigudo senhor, inconscientemente animalesco, que não pensa nos fins, nas restrições e nas

111. *Vis-à-vis*: face a face.
112. Hastilhas: pequenas hastes, quilhas de embarcação.

limitações? Longe de me confortar a educação que recebi, só me exacerba, só fabrica desejos que me fazem desgraçado, dando-me ódios e, talvez despeitos! Porque ma deram? Para eu ficar na vida sem amor, sem parentes e, porventura, sem amigos? Ah! se eu pudesse apagá-la do cérebro! Varreria uma por uma as noções, as teorias, as sentenças, as leis que me fizeram absorver; e ficaria sem a tentação danada da analogia, sem o veneno da análise. Então, encher-me-ia de respeito por tudo e por todos, só sabendo que devia viver de qualquer modo... Mas... era impossível, impossível! Era tarde e os culpados do que eu sofria não eram a minha educação nem a minha instrução. Era eu mesmo; era o meu gênio; era o meu orgulho aliado a um estúpido medo. Arrependi-me da maldição e reconcilei-me comigo mesmo. Havia de curar-me. Gonzaga de Sá não me falava, mas eu sentia que a metade daqueles pensamentos eram dele. A nossa amizade era tão perfeita, que dispensava palavras. Entre nós havia aquele aperfeiçoamento de comunicação, que Wells tanto encomia nos marcianos: mal emitia um pensamento, um dos nossos cérebros, ia ele logo ao outro, sem intermediário algum, por via telepática. Depois da estação do Rocha, quando aquela obtusa vizinhança desembarcou, e se veio sentar no banco ao lado, um jovem par de namorados, os vizinhos em frente se puseram a conversar. A princípio, não ouvi bem o que diziam; mas, por fim, entendi que discutiam a grande tese das raças. Dizia um com um grande anel simbólico no indicador:

— Tem a capacidade mental, intelectual limitada; a ciência já mostrou isso.

E o outro, mais moço, ouvia religiosamente tão transcendente senhor. As ferragens do comboio faziam ruído de ensurdecer; nada mais escutei. Chegamos ao Engenho Novo. O trem parou. O mais moço então perguntou, olhando os fios de transmissão elétrica:

— Por que será que os passarinhos tocam nos fios e não são fulminados?

— É que de dia a comunicação está fechada.

E se não fossem os graves pensamentos que me assoberbavam naquela hora, ter-me-ia rido daquele sábio de capacidade intelectual ilimitada.

Ao lado, os namorados continuavam balbuciando. Havia um unto, uma alegria, um não sei que de meloso nos seus olhares, que irritou a minha capacidade namoradeira.

— Já namoraste? — perguntou-me Gonzaga de Sá, baixinho.

— Uma vez, aos dezesseis anos...

— Deves namorar, filho. Quando te vier a velhice hás de te arrepender, se não o fizeres em tempo. Vênus é uma deusa vingativa, dizem.

— Qual! O namoro é a negação do amor... Não me arrependerei...

— Garanto-te. Será uma emoção que te ficou por provar... Experimente lá, enquanto é tempo...

E o trem continuava a correr. Na estação de nosso destino, saltamos, tendo trocado com o meu companheiro durante a viagem somente aquelas escassas palavras.

Nós fomos subindo a rua devagar, por entre curiosos exemplares de uns pais de família. Graves homens de fisionomia triste, curvados ao peso da vida, sobraçando alongados embrulhos de pão, caminhavam ao nosso lado com o passo tardo, e econômico, poupado, de velhos bois de carro. A estrada da vida era má; areenta, aqui, encharcada, ali; e mais além, íngreme e empedrouçada... Só a paciência dele, só aquela rija musculatura que se gasta, às gotas, só ela poderia levar avante o carro da mulher e dos filhos. Com o jornal debaixo do braço, iam ruminando grandes combinações de tostões, com certeza, com o mesmo gasto de energia nervosa que um banqueiro qualquer empregaria ao delinear uma grande especulação aladroada sobre os fundos de duas ou três potências. Insensivelmente, alinhavam-se em fila e fui vendo, à esquerda e à direita, longas teorias daqueles curiosos exemplares da nossa humanidade. Na minha meninice, nos arredores do Rio, eu tinha visto espetáculo que agora a imaginação associava a este. Era por aquela hora dourada da tarde, mais cedo um pouco, mas já as montanhas se tinham adelgaçado para sofrer a carícia imaterial de um céu rarefeito. Uma longa fila de carros de bois, cheios de verduras, carvão e lenha, desfilavam pela estrada. Os carreiros gritavam de quando em quando; os bois mastigavam o passo; por vezes, alongavam a língua, um inclinando-se sobre outro, a fim, talvez, de melhor dividir o esforço de tração... Oh! a solidariedade da carga!

Aos poucos venciam os óbices[113] e chegavam ao porto, à praia risonha da ilha... Nem sabiam, aqueles animais, de sua força; nem suspeitavam que toda uma cidade esperava aquelas úteis ou saborosas coisas que só a sua paciência e a sua força poderiam arrastar por sobre aqueles caminhos instáveis. A estrada me veio em mente: arenosa, de solo fugidio e móvel, mas, guardando indelevelmente o trilho paralelo dos carros, com os maricás, as pitangueiras, nas bordas, salpicadas de frutas vermelhas, e, de quando em quando, também uma árvore de mais vulto, um cajueiro, uma figueira — toda ela, ao passarem os carros, envolvida na poeira que o sol, no poente, avermelhava e dava faiscações de ouro. Aqueles homens, pacientes e tardos,

113. Óbices: obstáculos.

que eu via naquele ambiente de vila, eram o esteio, a base, a grossa pedra alicerçal da sociedade... Operários e pequeno-burgueses, eram eles que formavam a trama da nossa vida social, trama imortal, depósito sagrado, fonte de onde saem e sairão os grandes exemplares da Pátria, e também os ruins para excitar e fermentar a vida do nosso agrupamento e não deixá-lo enlanguecer... Quiçá não soubessem disso e, se o soubessem, não se consolariam do duro fardo de viver... Viviam, sob o aguilhão[114] dos deveres e com a vaga esperança consoladora da afeição eterna dos filhos.

— É ali — disse-me Gonzaga de Sá, apontando para um amontoado de casas.

Tomamos uma rua transversal e fomos indo quase sós, por ela afora. Eu ainda não tinha visto a casa, embora Gonzaga ma tivesse apontado. O arruamento do subúrbio é delirante. Uma rua começa larga, ampla, reta; vamos lhe seguindo o alinhamento, satisfeitos, a imaginar os grandes palácios que a bordarão daqui a anos, de repente estrangula-se, bifurca-se, subdivide-se num feixe de travessas, que se vão perder em outras muitas que se multiplicam e oferecem os mais transtornados aspectos. Há o capinzal, o arremedo de pomar, alguns canteiros de horta; há a casinha acaçapada,[115] saudosa da toca troglodita; há a velha casa senhorial de fazenda com as suas colunas heterodoxas; há as novas edificações burguesas, com ornatos de gesso, cimalha e compoteira, varanda ao lado e gradil de ferro em roda. Tudo isso se baralha, confunde-se, mistura-se, e bem não se colhe logo como a população vai-se irradiando da via férrea. As épocas se misturam; os anos não são marcados pelas coisas mais duradouras e perceptíveis. Depois de um velho *pouso* dos tempos das cangalhas, depois de bambaleantes casas roceiras, andam-se cem, duzentos metros e vamos encontrar um palacete estilo Botafogo. O chalé, porém, é a expressão arquitetônica do subúrbio. Alguns proprietários, poupando a platibanda[116] e os lambrequins,[117] não esquecem de dar ao telhado do edifício o jeito característico e de rematar as duas extremidades da cumeeira com as flechas denunciativas. Em dias de névoa, em dias frios, se olhamos um trecho do alto, é como se estivéssemos na Suíça ou na Holanda... Afinal dei com a casa do compadre de Gonzaga de Sá. Era um chalé. De longe, tinha o aspecto de burguês médio; quando cheguei, porém,

114. Aguilhão: aquilo que serve de estímulo.
115. Acaçapada: escondida, oculta.
116. Platibanda: muro ou grade construído no alto das paredes de uma edificação para proteção ou ornamentação.
117. Lambrequins: ornatos pendentes de beirais de telhados.

vi-o separado em duas habitações, tendo ambas, na frente uma faixa de terreno, com alguns crótons[118] tristes. Da rua, avistei logo o caixão, o vulto confuso do cadáver dentro dele e o falso brilho dos círios aos pés e à cabeceira. Na porta, curiosos da vizinhança... As crianças brincavam na rua inocentemente. Entramos. Uma velha senhora de cor veio nos receber. Gonzaga de Sá me falara nela. D. Gabriella tinha um vago parentesco com a mulher de seu compadre; era viúva e mãe de quatro filhos.

— Já está tudo arranjado, amanhã, às 9 horas, o enterro sai.

— O caixão chegou agora mesmo; nós tratamos logo de pôr o corpo dentro.

— Fizeram bem — disse Gonzaga de Sá. — Quedê o Frederico, seu filho?

— Saiu a buscar um pouco de pão.

— Quando vier, diga-lhe que eu quero falar-lhe.

— Sim, senhor.

Fui vendo a sala, não havia muita gente; mas que variedade de tipos e de cores; encontravam-se quase todos do espectro humano... Muito concentrados, os circunstantes, se falavam era baixinho, e, se lhes aflorava um sorriso aos lábios, logo o abafavam. Sentei-me também numa cadeira. E afinal pude olhar o cadáver, a cor faraônica do rosto, meio oculto no lenço ao queixo e pelas pétalas de flores espalhadas ao redor. Pouco conhecera aquele homem. Encontrara-o algumas vezes, no serviço, na Secretaria dos Cultos, onde era servente. Sabia-o compadre de Gonzaga e chamar-se Romualdo de Araújo. A amizade entre aqueles dois homens, tão diferentes de condição e educação, era forte e profunda. Conquanto não tivessem nunca chegado à completa intimidade, eles se amavam de um modo especial, distante, é certo, mas que permitia a duração eterna da afeição. D. Gabriella, alta, muda, com a sua misteriosa pele parda ia e vinha, espevitava as velas, endireitava um buquê, tudo muito calmamente, sem vacilação, sem terror, familiarizada com o ato. Seu filho chegou com o pão. Era um magnífico exemplar de mulato, de mulato robusto, ousado de olhar e figura, mas leve, vivaz, flexível, sem ressumar[119] peso nem lentidão nos modos. Gonzaga de Sá recomendou-lhe qualquer coisa e, daí a instantes, fomos jantar. A noite veio e mais pessoas chegaram.

Eu a vi cair da sala de jantar, apreciando o crepúsculo por uma janela. Fiquei durante todo ele, a olhar, nas montanhas longínquas do ocidente, a

118. Crótons: arbustos da família das euforbiáceas.

119. Ressumar: o mesmo que ressumbrar, transparecer.

barra de nuvens douradas, e, enquanto ele durou, mantive-me calado, fumando, e toda a minha atividade cerebral girou em torno da morte. Veio a noite completa. Tinha pensado muito — é verdade; mas sem ter concluído coisa alguma. Nada me ficou palpável na inteligência; tudo era fugidio, escapava-me como se tivesse a cabeça furada. Evaporou-se tudo e eu só sabia dizer: a Morte! A Morte! Era o que restava da longa meditação... Gonzaga de Sá, de onde em onde, vinha até a sala de jantar. Pouco falava. Voltava para junto do cadáver. A sua fisionomia não revelava a mínima dor e os seus olhos macios e lentos já tinham o brilho normal. Eu me levantei e fui até ao quintal. Fora dos meus hábitos, olhei o céu muito estrelado que tinha a beleza de todos os dias. Quando voltei para junto da janela, estava sentada uma moça. Não a tinha visto entrar.

— Quer o seu lugar? — fez-me ela ao ver-me.

— A gosto, minha senhora. Há aqui muitas cadeiras.

Sentei-me imediatamente, como um velho conhecimento de anos comecei a conversar, e ela a me responder como um velho conhecimento.

— A tarde refrescou — não acha?

— É verdade, mas na ala faz ainda muito calor — disse-me ela.

— É verdade que aqui é muito quente? A senhora deve saber, não mora aqui?

— Há poucos anos, dois, creio.

— Gosta?

— Alguma coisa; mas tenho saudades da cidade. Morei muitos anos lá. É outra coisa. Que movimento! Carros, jardins para passear...

— Mas tudo isso de que vale? Vem a Morte...

— De fato, mas enquanto se vive a gente deve procurar as coisas bonitas, os teatros... O senhor já foi ao bar?

— Nunca!

— Deve ser bonito!

— Não gosto de Botafogo. É Buenos Aires, supercivilizado...

— Eu gosto muito. Quem me dera ter uma casa lá.

— Um marido, também? Não é, dona...

— Alcmena, uma sua criada. Queria: mas lhe garanto que valia mais um carro...

— Mas se todas essas coisas vão se acabar...

— Quando?

— Quando alguns homens generosos tiverem feito toda a humanidade trabalhar de um mesmo modo e ganhar a mesma coisa...

— São maus, esses homens!

— São bons, pelo contrário; como não podem dar tudo a todos, tiram muita coisa de alguns.

— Para quê!... Antes esses continuem a existir com as suas riquezas, porque a gente ao menos tem a esperança...

— A senhora há de tê-las, com esses seus belos olhos...

— Ora!... — fez ela alongando o busto por sobre o espaldar da cadeira até poder ver o céu pela janela que lhe ficava às vistas.

Pousei o meu olhar nos seus olhos revirados, e segui deles até uma estrela que brilhava muito próxima das nossas cabeças. Nessa rápida postura, a moça atraía fortemente. Seus seios pareciam intumescidos, o pescoço, longo e roliço, saía todo do corpete, e as formas miúdas desenhavam-se com relevo por entre as dobras do vestido. Aquela desenvoltura tão longe da Rua do Ouvidor! Compreendia-se? Ainda lhe vi a tez macia, os cabelos castanhos, as mãos longas e bonitas, um pouco estragadas pelo trabalho doméstico... Depois, nasceram-me coisas obcenas; vagos e indefinidos desejos cresceram em tumulto, de roldão;[120] borbulhavam, subiam e desciam dentro de mim, encontravam-se, faziam-se outros a exigir satisfações, carícias, estados enervados e deliciosos...

Conversamos muito ainda, esquecidos do defunto, inebriados um do outro como se estivéssemos em um baile.

— A vida é cruel — disse-lhe em certa ocasião. — Tudo acaba na Morte.

— É. Mas há nela certas passagens que talvez a Morte não apague.

— Que instantes dessa natureza teria tido o Romualdo?

— Ele lá sabia... Cada um sabe quando é feliz e não pode dizer a ninguém, nem mesmo que queira... A coisa fica vivendo dentro de nós e só a lembrança dela nos alegra de novo... O senhor era amigo dele?

— Apenas o conheci...

— Fomos vizinhos dois anos... Habituei-me a vê-lo, a estimar-lhe o filho e sinto... Quando a gente está alegre dá vontade de dançar de cantar — não é? Parece que dentro de nós há muita coisa demais, molas, um mecanismo que nos empurra... Quando fico triste, também me vem a mesma vontade... É curioso!...

— Em outros tempos, houve danças fúnebres; e os selvagens dançam ainda por essas ocasiões.

— Eles têm razão. Não é a gente que quer; é coisa cá dentro...

---

120. De roldão: repentinamente.

D. Alcmena levantou devagar um braço e apanhou, com os seus longos dedos abertos em leque, alguns cabelos que lhe caíam pela testa. Ainda conversamos algum tempo e eu, inebriado pelo capitoso[121] da moça, fascinado pela sua estranheza, esqueci-me, muito inocentemente, de que era inimigo do namoro.

Alcmena levantou-se e me apertou a mão demoradamente, para sair.

Por momentos, fiquei só, mas cheio dela. O seu vulto me enchia e as suas palavras, que não sei onde as fora buscar, dançavam-me nos ouvidos.

A impressão, em seguida, foi-se apagando, e a lembrança do cadáver me veio. Quando me pus a pensar fortemente nele, o vulto da moça, mais firmemente, voltou-me aos olhos, alto, fino, com seus olhos negros e as curvas transcendentes do seu corpo.

Depois de associar mais de uma vez estas duas imagens, tal fato me apareceu como uma profanação, um sacrilégio. Tive remorsos do que fizera. Mas fora uma mola, um mecanismo, como dizia a moça! Que culpa tinha eu?! Até as palavras doces, os galanteios me vieram, a mim tão canhestro com as damas! Fora automático... Que culpa tinha eu?

Demais, senti também, era o cadáver que me impelia, que me empurrava para a moça; era sua mudez de fim que me ditava o único ato da minha vida capaz de fugir à lei a que ele se curvara. Vivente, tinha vivido, pois tanto é forte em nós viver, que só em nós mesmos encontramos a razão e o fim da vida, sabendo todos nós que devemos continuá-la a todo o transe, custe o que custar, em nós mesmos e nos nossos descendentes.

Tive ainda uma ponta de arrependimento, apesar de tudo, pois não sei o que me dizia que fora longe demais...

Gonzaga de Sá entrou, sentou-se na cadeira em que estivera a moça. Recostou-se e disse-me olhando o céu:

— Como está belo o céu! Hein? Para ele não há dores... Os que vivem que lhe apreciem a beleza; os que morrem que deixem os outros o cuidado de apreciá-la...

Calou-se um pouco e depois acrescentou *ex abrupto*:[122]

— Essa continuidade é imposta por tudo. As folhas que caem adubam as raízes das árvores onde nasceram, para fazerem nascer outras novas e belas.

A observação não era nova, mas sobressaltou-me, ao lembrar que podia ter ouvido a minha conversa com a moça. Ainda mais acrescentou:

---

121. Capitoso: o que embriaga facilmente.

122. *ex abrupto*: subitamente.

— Tens estado pouco na sala.

— Está muito quente...

— Deves ir, não só porque é conveniente à tua mocidade o espetáculo da Morte, como também dá campo para se ver como os etnólogos são falsos e maus.

Ele tirou uma longa fumaça do cigarro e continuou:

— Ultimamente, disseram que os feitios de sentir eram tão diferentes em cada raça humana, que era o bastante para fazer não se entendessem elas... Que há, de fato, mais de um sentir, de um pensar para cada raça, etc., etc.

Ora, em face do nosso povo, tão variado eu tenho reparado que nada há que as separe profundamente. E nós nos entenderíamos e preencheríamos facilmente o nosso destino, se não fora a perturbação que trazem os diplomatas viajados, acovardados diante da opinião americana, querendo deitar esconjuros e exorcismos...

Continuou:

— Tu bem sabes que é difícil dizer onde começa o real e onde acaba. O homem é um animal conceitualista, isto é, capaz de tirar de pequenos dados do mundo uma representação mental, uma imagem, estendê-la, desdobrá-la e convencer o outro que aquilo tudo existe fora de nós... Tu sabes? Ora, a Europa, as universidades que por má-fé ou por desconhecimento primitivo, não direi do real, mas do fato bruto colhido pelos sentidos, deram agora para fazer teorias sobre raça, sobre espécies humanas, etc., etc. A coisa se estende, os interessados não são ouvidos, pois não têm uma cultura seguida, porque, se a tivessem, poderiam ter chegado a resultados opostos. Que acontece? A coisa pega como certa, cava dissensões, e os sábios diplomatas, para fazer bonito, adotam e escrevem artigos nos jornais e peroram[123] burrices repetidas. Se, no século XVII, o que separava os homens de raças várias era o conceito religioso, há de ser o científico que as separará daqui a tempos... A benéfica ciência!... Enfim, a ocasião não é propícia para uma conferência. Vamos prestar homenagem a esse meu infeliz e humilde amigo...

Havia na sala umas trinta pessoas, mais da metade mulheres. Sobre uma velha cômoda, um lampião mal a iluminava; os círios bruxuleavam. Gonzaga de Sá atravessou-a e foi sentar-se perto da sogra do compadre que chorava. Era uma preta retinta, de uma pele macia de veludo. Fiquei em pé, perto da porta de entrada. Havia um silêncio completo, de quando em quando um soluço da pobre mulher quebrava-o lugubremente. A gratidão

---

123. Peroram: concluem um discurso.

devia ser grande. Aquele homem agora morto lhe dera as mais gratas satisfações de sua vida humilde. Casara com a filha, apoiara com o seu prestígio de homem a sua fraqueza de condição de menina, arrebatara-a ao ambiente que cerca as raparigas de cor, dignificara-a, ela, a quem quase todo o conjunto da sociedade, sem excetuar os seus iguais, admitem que o seu destino natural é a prostituição e a mancebia. Do outro lado, lá estava o neto. A testa reta, ainda mal desenhada pela idade, as sobrancelhas arqueadas e unidas, o seu olhar perfurante — toda a fisionomia da criança tinha uma expressão de inteligência, de curiosidade e de energia que a sua doçura nativa havia de diminuir. Que seria dele, por aí pela vida? Sob a ascendência do padrinho, estudaria muito, aplicar-se-ia aos livros. Durante anos no ambiente falso dos colégios e escolas, a sua situação na vida não se lhe representaria perfeitamente. Viriam os anos e a ânsia que o estudo dá; viria o mundo social, com a sua trama de conceitos e preconceitos, justos e injustos, bons e maus — trama unida e espinhenta, contra a qual a sua alma se iria chocar... Era então a dor, as deliquescências, as loucas fugidas pela fantasia... Era o doloroso peregrinar com o opróbrio[124] à mostra, à vista de todos, sujeito à irrisão do condutor do bonde e do ministro plenipotenciário...[125] Era sempre, nos cafés, nas ruas, nos teatros, andando vinte metros na frente um batedor que avisava da sua presença e fazia que se preparassem as malícias, os olhares vesgos ou idiotas... Coitado! Nem o estudo lhe valeria, nem os livros, nem o valor, porque, quando o olhassem diriam lá para os infalíveis: aquilo lá pode saber nada!

Tive uma pena infinda, imensa, afetuosa por aquela pobre alma órfã tantas vezes; eu tive uma imensa tristeza que aquela inteligência não se pudesse expandir livremente, segundo o próprio caminho que ela própria traçasse... Olhei-o algum tempo assim, cheio de pena, de afeto e tristeza. De repente, ele se pôs a chorar muito e com força, sem explicação, sem causa, e correu, como se estivesse sendo perseguido, para onde estava o padrinho. Foram instantâneos, conexos, o choro e a corrida. Gonzaga de Sá levantou-se, ergueu-o no colo e beijou-o, animando-o:

— Que é, meu filho? Que é, meu Aleixo?

Uma vela estremeceu e, no rosto do cadáver, julguei lobrigar[126] um fraco gesto de padecimento.

---

124. Opróbio: desonra pública.
125. Plenipotenciário: com plenos poderes.
126. Lobrigar: entrever, avistar.

X – O ENTERRO

No dia seguinte, diante do caixão já fechado, senti-me penetrado duma indiferença glacial. Repontava em mim, de onde em onde, uma pontinha de aborrecimento. O domingo estava maravilhoso, glorioso de luz, e os ares eram diáfanos — estava sedutor e sorria abertamente, convidando a gozá-lo em passeios alegres…

O silêncio da sala, aquelas velas mortiças, os semblantes contrafeitos e estremunhados das pessoas presentes, diante da soberba luz do sol, da cantante alegria da manhã, pareceram-me sem lógica.

Eu me aborrecia e fumava. Afinal, veio a hora do saimento. A aglomeração aumentou na porta. Algumas mulheres choravam. Gonzaga de Sá ia e vinha, tomando as últimas disposições. Fechou-se o caixão. Houve um pequeno ruído, seco, vulgar, exatamente igual ao de qualquer caixa que se fecha… E foi só! Fomos levando o cadáver pela rua empedrouçada, trôpegos, revezando-nos, aborrecidos e tristes sob o claro vitorioso olhar de um firme sol de março. Pelo caminho (era de manhã), os transeuntes mecanicamente se descobriam, olhavam as grinaldas, o aspecto do acompanhamento, medindo bem de quem era e de quem não era. Meninas de volta da missa e passeios consequentes, alegres, louçãs,[127] passavam exúberas de vida, contemplavam um pouco o séquito com um rápido olhar piedoso e, depois, continuavam a andar o caminho interrompido um instante, indiferentes, descuidosas, casquinando,[128] quase rindo às gargalhadas… E o caixão nos foi pesando até que o descansamos nos bancos da estação. Em breve, o trem correu conosco e o morto pelos *rails* afora, velozmente atravessando as paragens suburbanas. O carro fúnebre era o primeiro e, quando havia uma curva, eu podia lobrigar pelas janelas abertas, nos carros de primeira classe, algumas plumas de chapéus femininos… Dentro do carro fazia um calor insuportável e os bancos duros nos torturavam. Saltamos enfim na Central. Tínhamos vindo oito, e só quatro iriam ao cemitério. Gonzaga de Sá nada dissera até ali. Contraíra a fisionomia, a pele da testa se mantivera enrugada durante toda a viagem, parecendo que prendia grandes pensamentos fugidios. Colocamos o esquife no coche e fomos tomar lugar na velha caleça de aluguel. Antes de embarcar, o meu

---

127. Louçãs: elegantes, garbosas.
128. Casquinando: rindo com zombaria, emitindo várias risadas em sequência.

amigo olhou a praça, os ares, as casas e o parque defronte e me disse, quando se sentou no banco do carro:

— Como está lindo o dia! Até alegre, não achas? Nem parece que levamos um morto... É que ele não gozava da vida. Antes assim!... Morrendo, em nada perturbou a vida das coisas e dos outros; entretanto, dizem, a sociedade é uma associação simpática de indivíduos e pouca coisa separa o homem do mundo.

Seguido por duas caleças de acompanhamento, o coche rolou pelos paralelepípedos, tomando a direção do cemitério do Caju. Recostamo-nos no fundo da carruagem e eu me pus a olhar ao longe, cismando, procurando ver nas coisas e por detrás delas um sinal, um ponto, uma indicação de mágoa, de desgosto por aquela morte que ferira algumas consciências. Rolávamos agora pela rua de S. Cristóvão, cruzávamo-nos com os bondes do bairro e, ao passar um, o mestre refletiu alto:

— Já reparaste que, quando não há indiferença, a passagem de um féretro[129] desperta desgosto?

Calou-se um pouco e depois acrescentou:

— Creio que, se tivéssemos coragem das nossas opiniões, decretávamos um caminho especial para o cemitério — talvez subterrâneo... Só assim, não teríamos na vida esse constante espetáculo que nos desgosta!

— Ainda não reparei — respondi.

Eu tinha uma grande atonia[130] mental. A noite passada quase em claro, e as suas emoções tinham-me esgotado dando um forte torpor de corpo e uma imensa lassidão cerebral. Respondi somente compreendendo as palavras do meu amigo, sem atividade cerebral suficiente para que elas provocassem em mim um outro qualquer pensamento. Havia tanta resistência na minha percepção, que o espetáculo circundante parecia chegar por caminho diferente da minha sensibilidade. Retruquei automaticamente, por mero hábito de polidez.

— E a morte tem sido útil, e será sempre — continuou Gonzaga de Sá. — Não é só a sabedoria que é uma meditação sobre ela — toda a civilização resultou da morte.

Suspendeu a palavra; e, de acordo com a marcha da caleça, pôs-se a vagar o olhar pelos lados. Com ele, seguia os ornatos das cimalhas, as grades das sacadas; adiante, demorava-se mais a ver um bando de moças

129. Féretro: caixão, esquife.
130. Atonia: inércia, fraqueza.

em traje de passeio, postadas à porta de uma casa burguesa. Afastando--se dali o carro, o seu olhar lento e macio foi parar sobre os bondes que passavam, e os transeuntes na rua; deles, resvalou, pela calçada, no ponto em que uma mulher andrajosa[131] dormia ao relento, imóvel, enrodilhada, como uma trouxa esquecida e, por fim, durante segundos, fixamente, insistentemente, pousou a vista no coche fúnebre que rodava na nossa frente.

— Levamos a procurar as causas — falou-me ele em seguida àquele longo passeio visual —, levamos a procurar as causas da civilização para reverenciá-las como se fossem deuses... Engraçado! É como se a civilização tivesse sido boa e nos tivesse dado a felicidade!

E não me disse mais nada até chegarmos ao portão do cemitério, quando me avisou que ia tratar dos atos administrativos indispensáveis à finalização do enterro. Seguimos o caixão sobre a carreta mortuária, que os empregados do cemitério impeliam profissionalmente; em breve, Gonzaga de Sá se nos veio juntar. Íamos pelas alturas de meio-dia. O sol continuava claro e as alturas eram mais límpidas. O perfil das palmeiras ressaltava mais firme e os ciprestes não despertavam ao forte sol do dia. Chegamos em breve à beira da cova funda... O caixão desceu rapidamente pela sepultura abaixo. As correntes tilintaram aborrecidas daquela faina que exerciam há tantos anos. Lancei a minha pá de cal, sem comoção quase, desajeitadamente. Até ali, eu não sentira nada de especial; não tivera nenhum pensamento nem sequer uma emoção piedosa. Vira a cerimônia sem tristeza, fora de sua significação e dos grandes sentimentos compassivos que ela pedia. Passavam pelo meu cérebro, há muito soerguido do abatimento que trazia ao entrar, ligeiras reflexões, fraca e remotamente associáveis ao fato presente. Lembrei--me da minha infância, da fisionomia dos colégios por onde passei, dos professores, dos meus condiscípulos, da escola superior em que vadiei, das alternativas dolorosas da minha vida... E assim, lembrando-me de coisas fora do lugar e do momento, vim com Gonzaga de Sá andando vagarosamente até à porta do cemitério. Ele caminhava calado, de cabeça baixa, com o seu vasto crânio venerável exposto ao sol. Vinha distraído, esquecera-se de pôr o chapéu; e eu não quis perturbar o seu recolhimento, lembrando-o. Engolfado[132] naturalmente na dor de per-

131. Andrajosa: coberta de farrapos.
132. Engolfado: absorto.

der aquele obscuro amigo, para cuja vida mediocremente feliz, tanto ele concorrera generosamente, olhava a ponta dos pés, com a fisionomia endurecida e os olhos úmidos. Aquela amizade devia muito consolá-lo, a seu modo, do abandono e da solidão da sua velhice sem afeto. Gonzaga de Sá seria um apaixonado que não conseguira a tempo encaminhar o seu temperamento para um objeto qualquer, ficara de parte, guardando suas paixões, escondendo seus gestos, tanto por timidez como por orgulho? Seria isso de modo que, ao lhe chegarem os anos, já por fadiga, já pelas exigências da sua compleição, tivera que encaminhar para aqui e para ali, para este ou para aquele objeto, os ímpetos do seu coração, indo ter eles à insignificância, à modéstia daquele contínuo, de forma que encontrara nessa afeição um derivativo para o seu grande sofrimento, nascido quando a idade lhe fez assomar na consciência a imagem da sua esterilidade sentimental? Quem sabe?

Com a sua mania introspectiva, analisando-se constantemente, conhecendo bem a fonte de suas dores e indo ao encontro delas, conforme já foi observado, ficara mais apto para compreender as dos outros, para justificá-las ao mesmo tempo, e, portanto, perfeitamente capaz de simpatizar com aqueles que as curtiam. Nele, eu queria adivinhar isso desde muito e não estranhei quando me disse no portão do cemitério:

— Pobre Romualdo! De que lhe valeu viver se estava pelo meio na sociedade em que surgiu! Além dos males inerentes à vida, curtir mais este que se desdobra em milhões? Enfim, ele não tinha noção disso, o que é importante pois sem ela não há sofrimento! Nele, era tudo isso confuso e o seu sofrimento só poderia ser criado pelos outros. Sou eu que o faço sofrer; ele, de fato, não sofreu... Hei de tratar dos meios de extirpação da consciência...

Descemos devagar a praia, seguindo o gradil do cemitério, a pé, pois despedíramos o carro que nos trouxera, pretendendo tomar um bonde. Era mais cômodo; não jogava no calçamento. O mar estava calmo naquelas alturas e quem o olhasse, por cima, vê-lo-ia ligeiramente enrugado. As alturas apareciam cristalinas e o sol cabia em jorros de luz sobre a superfície da baía. Começara já a viração. Ao fundo, e na frente, as montanhas saíam nitidamente do painel em que pareciam pintadas. Uma ilhota, com sua alta chaminé, não diminuía o largo campo de visão que o mar oferecia. Alonguei a vista por ele afora, deslizando pela superfície imensamente lisa. Surpreendi-o quando beijava os gelos do polo, quando afagava as praias da Europa, quando recordava as costas da

Ásia e recebia os grandes rios da África. Vi a Índia religiosa, vi o Egito enigmático, vi a China hierática,[133] as novas terras da Oceania e toda a Europa abracei num pensamento, com a sua civilização grandiosa e desgraçada, fascinadora, apesar de julgá-la hostil. E, depois de tão grande passeio, minha alma voltou a mim mesmo, certificando-me de que, aqui, como naqueles lugares, era, ora a mais, ora a menos. E me pus a pensar que sobre a convexidade livre do planeta que me fez não tinha um lugar, um canto, uma ilha, onde pudesse viver plenamente, livremente. Olhei o mar de novo. Boiavam sargaços,[134] balouçando-se nas ondas, indo de um para outro lado, indiferentes, à mercê dos movimentos caprichosos do abismo. Felizes!

Gonzaga de Sá interrompeu-me estas vagas cogitações:

— Por que razão se vive? Que tu vivas, vá! Tu vives das tuas angústias, das tuas dores, dos clarões de alegria que por vezes rebentam entre elas; mas este pobre-diabo, cujo estoque de noções e conceitos era reduzidíssimo para forjar dores e, portanto, para obter alegrias, por que viveu? Sabes?

— Foi a inércia.

Dentro em pouco, tomamos o bonde e viajamos silenciosamente. O veículo encheu-se do curioso público de domingo. Gonzaga de Sá mantinha-se calado, de quando em quando olhava um pouco a rua, depois descansava as mãos na bengala, baixava a cabeça e se punha a ver o chão da rua, por entre as grades do assoalho do veículo. Quando saltamos, quis-me despedir dele. Não deixou.

— Janto na cidade. Fica! Vamos andar pelas ruas. Por exemplo: vamos ao Passeio Público.

— Vamos.

Ele amava o velho jardim, onde nos sentamos pouco depois em um banco de pedra, num lugar retirado, ouvindo ao longe o estrondo da banda de música domingueira. A calma do lugar foi-no aos poucos penetrando.

De mim tinha fugido o desassossego que sucedera ao torpor da manhã; e o meu companheiro tinha a fisionomia mais composta, o olhar quieto. Estava calmo, embora triste. Levantara o chapéu no alto da cabeça e se pusera a traçar, com a ponta da bengala, na areia, uma figura grosseira... Parecia o esboço de um rosto... Do outro lado, pela alameda

133. Hierática: relativa ao que é sagrado.

134. Sargaços: plantas marinhas.

que corria defronte do botequim, víamos agitar-se, aos impulsos de energias acumuladas durante a semana, uma multidão policrômica; e, ali, separados dela, silenciosos e inertes às forças que a moviam, nós estávamos como fora da humanidade, como entes de outra estrutura, sem nada de comum com eles. O grande relvado circular que dividia as duas alamedas, com o seu repuxo ao centro, marcava o limite entre dois meios fluidos, próprios à vida deles e à nossa. Víamo-los como o passageiro vê os peixes, da borda do navio, através das águas prateadas. Eu me demorava espreitando um casal que se abraçava um pouco longe de nós, quando Gonzaga de Sá me perguntou:

— Sabes por que o fiscal dos bondes fiscaliza o condutor?

A pergunta me pareceu pueril, a menos que não contivesse uma troça insignificante. Sem procurar resolver tão imbecil questão, respondi:

— É difícil de saber... Eu não atino.

Por instantes permaneceu calado, contemplando a multidão na alameda em frente.

Segui os seus movimentos. Tinha deixado de traçar a figura na areia e descansara negligentemente a bengala sobre a perna. Esforçava-se por abranger o maior círculo possível de horizonte e, sem se fatigar, ia e vinha com os olhos, de um extremo dele a outro. Parecia um navegante perdido que procura tênues indícios de costa.

— Eu julgo — disse ele, depois de estar algum tempo naquela postura — que os desgraçados se deviam matar em massa a um só tempo. Schopenhauer, que propôs o suicídio da humanidade, foi longe; devem ser só os desgraçados, os felizes que fiquem com a sua felicidade.

— Propõe isso, para ver se eles aceitam.

— Decerto, não. A burrice é firme e os leva a viver, apesar de tudo. Eu não compreendo — acrescentou depois de uma pausa — que um homem — um animal dotado de senso crítico, capaz de colher analogias — levante-se às quatro horas da madrugada, para vir trabalhar no Arsenal de Marinha, enquanto o ministro dorme até às 11, e ainda por cima vem de carro ou automóvel. Eu não compreendo — continuou — que haja quem se resigne a viver desse modo e organizar família dentro de uma sociedade, cujos dirigentes não admitem, para esses lares humildes, os mesmos princípios diretos com que mantêm os deles luxuosos, em Botafogo ou na Tijuca. Recordo-me que uma vez, por acaso, entrei numa pretória e assisti a um casamento de duas pessoas pobres... Creio que até eram de cor... Em face de todas as teorias do Estado, era uma coisa justa e louvável; pois bem, juízes, escrivães, rábulas[135] enchiam de chacotas, de deboches aquele pobre par que se fiara nas declamações governamentais.

Não sei por que essa gente vive, ou antes, por que teima em viver! O melhor seria matarem-se, ao menos os princípios químicos, dos seus corpos, logo, às toneladas, iriam fertilizar as terras pobres. Não seria melhor?

— Na Europa, os camponeses sofrem...

— Oh! Lá é outra coisa! Há uma literatura, um pensamento, que vincula grandes ideias, que espalham o são espírito pela individualidade humana — fonte de simpatia pelos fracos, preocupada e angustiada com os destinos humanos. Aqui, o que há?

— Alguma coisa.

— Nada. A nossa emotividade literária só se interessa pelos populares do sertão, unicamente porque são pitorescos e talvez não se possa verificar a verdade de suas criações. No mais, é uma continuação do exame de português, uma retórica mais difícil a se desenvolver por este tema sempre o mesmo: d. Dulce, moça de Botafogo em Petrópolis, que se casa com o dr. Frederico. O comendador seu pai não quer, porque o tal dr. Frederico, apesar de dr., não tem emprego. Dulce vai à superiora do Colégio das Irmãs. Esta escreve à mulher do ministro, antiga aluna do colégio, que arranja um emprego para o rapaz. Está acabada a história. É preciso não esquecer que Frederico é moço pobre, isto é, o pai tem dinheiro, fazenda ou engenho, mas não pode dar uma mesada grande. Está aí o grande drama de amor em nossas letras, e o tema do seu ciclo literário. Quando tu verás, na tua terra, um Dostoiévski, um George Eliot, um Tolstói — gigantes destes, em que a força de visão, o ilimitado da criação, não cedem o passo à simpatia pelos humildes, pelos humilhados, pela dor daquelas gentes donde às vezes não vieram — quando?

— A nossa gente não sofre, é insensível.

— Diz a sério? — E logo acrescentou: — Sofre. Sim. Sofre a sua própria humanidade.

O meu amigo falava calmo, mas com um travo de azedume na voz.

— Se eu pudesse — aduziu —, se me fosse dado ter o dom completo de escritor, eu havia de ser assim um Rousseau, ao meu jeito, pregando à massa um ideal de vigor, de violência, de força, de coragem calculada, que lhes corrigisse a bondade e a doçura deprimente. Havia de saturá-la de um individualismo feroz, de um ideal de ser como aquelas trepadeiras de Java,

---

135. Rábulas: advogados trapaceiros.

amorosas de sol, que se coleiam pelas grossas árvores da floresta e vão por ela acima mais alto que os mais altos ramos para dar afinal a sua glória em espetáculo. Sabes de quem é?

— Não.

— É daquele que *aumenta a força vital.*

No curso do diálogo pusera-se de pé. O seu olhar tinha perdido a macieza e brilhava extraordinariamente nas órbitas de uma curvatura regular e suave. Falava com firmeza, com calor, sacudindo as palavras, uma a uma; as últimas, porém, foram ditas com paixão redobrada. Antes de sentar-se, olhei-o um instante. Sorria com um sorriso parado e cheio d'alma; parecia ouvir alguém invisível... O anjo Gabriel, talvez. Era como um Maomé que se preparava para levar seu pobre povo, em cem anos, dos Pirineus às Ilhas de Sonda! O sorriso se desfez em seus lábios, à proporção que se sentava. Sentado, disse a esmo:

— Não; a maior força do mundo é a doçura. Deixemo-nos de barulhos...

Despreocupadamente, sossegadamente, durante horas, estivemos a ver os patos no lago e a conversar sobre coisas de pequena importância. Os combustores já estavam acesos, quando saímos para jantar. Tomamos a sopa num restaurante de uma rua central, e Gonzaga pôs-se a me dizer:

— Não repares naqueles palavrões de há pouco. Foram saudades do Romualdo, pesar pela sua morte... Eu o estimava deveras, e na minha vida, só encontrei aquela, estranha ao meu círculo, para me amar e me sentir. Na minha idade, tu também deves saber, um golpe desses traz manifestações indiretas, mas violentas. — Tirou o lenço e passou um instante pelos olhos. Esgotou o prato e emendou:

— Como lhe devia ter sido dura a vida! Aos quatorze anos, é metido numa escola, que mais é uma prisão. De corpo em corpo militar, vaga sofrendo as durezas da disciplina e também a da hierarquia. Tudo isso lhe custa o viço da vida. Tira-lhe a iniciativa, a sensação do que pode por si... Um belo dia, fazem-no servente e ei-lo a receber humilhações de todo um corpo de funcionários pretensiosos, desde o ministro até o contínuo. Casei-o. Ele, valente, que nascera em lugar em que a bravura pessoal é exigida para a própria vida comum, tinha medo de sair com a mulher, porque... oh! Nem é bom contar.

E continuou a comer os pratos seguintes, trocando uma reflexão ou outra, enquanto eu não atingia os limites da minha surpresa. Gonzaga de Sá nunca me aparecera com esse aspecto de sentimentalidade comum. Em começo eu o achei uma natureza fria, depois um despeitado, em seguida uma espécie de pura inteligência que via a vida e as suas instituições para lhe colher os aspectos contraditórios. Um dia em que muito eu pensava sobre ele, achei-o da raça daquele André Maltère, de Barrès, que nasceu para compreender e desorganizar. Como neste momento me surgia sentimental, quase lamuriento?

É verdade que, em certas ocasiões, quase o sentia dessa maneira; mas, nestas, sempre se tratava dele, e não há quem o não seja a seu próprio respeito. Durante os quase dois dias em que o vi em presença da morte de um amigo, ele se transfigurara inopinadamente, num sentimental vulgar, exatamente igual a qualquer homem. Desesperava por compreendê-lo, fiz todas as hipóteses, combinei-as, sem que o tivesse perfeitamente compreendido, confesso; e até o presente, quando ligo os diferentes modos de ser com que ele se me apresentou hoje, ontem e amanhã, em vários momentos e horas, é tal a incoerência, é tal a falta de ligação dos seus atos, que o vejo na memória como o vi naquela tarde, em um café a circunvagar o olhar por tudo:

— Enigmático!

Deixando o hotel, ao chegarmos à Avenida Central, havia um movimento por ela acima. Subimos até o Pavilhão Monroe. O público noturno de domingo, nas ruas, tem uma certa nota própria. Há os mesmos "*flâneurs*",[136] artistas, escritores e boêmios; os mesmos camelôs, mendigos e *rôdeuses*,[137] que dão o encanto do pitoresco à via pública. No domingo, porém, como eles, vêm as moças dos arrabaldes distantes, com os seus pálidos semblantes e os vestidos característicos. Vêm as armênias das adjacências da Rua Larga, em cujos grandes olhos negros, guarnecidos de longos cílios, e com uns duros reflexos de turmalina, a gente vê por vezes passar alguma coisa de ferocidade asiática. Além destes, há operários em passeio, com as suas roupas amarfanhadas pela longa estadia nos baús. Há caixeiros com roupas eternamente novas e grandes pés violentamente calçados... Por entre essa gente, fomos indo até a balaustrada que dá para o mar, junto à qual nos encostamos, olhando em todo o comprimento a avenida iluminada e movimentada.

---

136. *Flâneurs*: pessoas que vagueiam calmamente pelas ruas enquanto observam a cidade. Termo criado por Charles Baudelaire (1821-1867).

137. *Rôdeuses*: nome feminino plural de *rôdeur*, palavra francesa que significa vagabundo, andarilho.

— Repara — disse-me Gonzaga de Sá — como esta gente se move satisfeita. Para que iremos perturbá-la com as nossas angústias e nossos desesperos? Não seria mal?

— É um caso de consciência.

— De que me vale esse testemunho? Quem tem certeza das suas revelações? Quem acreditará na sua consciência? Sou pela dúvida sistemática... Eu não sinto evidências. Não sofro daquilo que Renan chamava a horrível mania da certeza. Tudo para mim foge, escapa, não se colhe... O que há são crenças, criações do nosso espírito, feitas por ele para seu gasto, estranhas ao mundo externo, que talvez não tenha nenhuma ordem para se curvar à que criamos... Determinando a consciência, valeria a pena perturbar a paz desses panurgianos?[138]

Não lhe soube responder, ele também não me pediu resposta. Olhamos ainda as filas de luzes que se erguiam por todo o comprimento da via pública. Descemos a rua pouco depois. Fomos tomar chopes e abancados no botequim conversamos outras banalidades. Quando nos despedimos ele me disse:

— Vou educar o Aleixo Manuel, o filho do Romualdo. Hei de fazê-lo um Tito Lívio de Castro.

Eu tive um pensamento aziago e, de mim para mim, perguntei: viveria Gonzaga para tanto? Valeria a pena?

XI – ERA FERIADO NACIONAL...

Desci de minha casa aborrecido. Uma noite má, povoada de recordações amargas, pusera-me de mau humor, irritado, covardemente desejoso de fugir para lugares longínquos. Era festa nacional. Os poderes públicos tinham resolvido festejá-la com o ruído de uma parada, a que se seguia uma recepção em palácio e um espetáculo de gala, à noite, no barracão da Guarda Velha. Desci para me delir[139] na multidão, para me embriagar no espetáculo dos fardões e dos amarelos, para me fragmentar com o estrondo das salvas fugindo a mim mesmo, aos meus pensamentos e às minhas angústias. Saltei no Campo de Santana, esgueirei-me por entre o povo, entrei no Jardim, deixando-me a ver os batalhões, ingenuamente,

138. Panurgianos: indivíduos que se assemelham a Panurgo, um dos personagens presentes nas obras de François Rabelais (1494-1553). Pessoas capazes de fazer qualquer coisa por interesses pessoais, perversos.
139. Delir: fazer desaparecer.

humildemente como se fora um garoto. As tropas formavam, esperando a visita do general, para desfilarem, então, pelo Catete, em continência ao presidente. Vi regimentos, vi batalhões, luzidos estados-maiores, pesadas carretas, bandeiras do Brasil, sem emoção, sem entusiasmo, placidamente a olhar tudo aquilo, como se fosse uma vista de cinematógrafo. Não me provocava nem patriotismo nem revolta. Era um espetáculo, mais nada: brilhante, por certo, mas pouco empolgante e ininteligente. Junto a mim, dois populares discutiam, ao passar as forças formidáveis da Pátria, os seus recursos de mar e terra. Tinham um almanaque na cabeça, sabiam o nome dos oficiais, a marca dos canhões, a tonelagem dos couraçados. Discutiam com evidente orgulho, satisfeitos, manifestando, aqui e ali, desgosto que fosse tão reduzido o número de regimentos de cavalaria e tão poucos os couraçados de alto-mar. Eu olhei. Olhei as suas botas, olhei os seus chapéus; em seguida, passei o olhar nos generais pimpões que galopavam ao lado dos dourados almirantes... Oh! a sociedade repousa sobre a resignação dos humildes! Grande verdade, pensei de mim para mim, recordando Lamennais.

Voltei a olhá-los. Continuavam a discutir acaloradamente; faziam comparações com a força de outros países vizinhos, e passava-lhes pelas faces uma irradiação de orgulho, quando o cotejo nos era favorável. Por que aqueles homens maltratados pela vida, pela engrenagem social, cheios de necessidades, excomungados falariam tão santamente entusiasmados pelas coisas de uma sociedade em que sofriam? Por que a queriam de pé, vitoriosa — eles que nada recebiam dela, eles que seriam espezinhados pela mais alta ou pela mais baixa das autoridades, se alguma vez caíssem na asneira de ter negócios a liquidar com alguma delas? Não seria fundamental, estrutural, em todos nós, neles como em mim, esse espontâneo separar das nossas dores, a provável culpa do corpo social em que vivemos? Poderíamos viver? Sem ele, sem as leis e sem as regras que nos esmagam? Secretos ditames de nossa natureza não nos impunham essa subordinação resignada? Quem sabe lá? E, conforme tão bem dizia Gonzaga de Sá, que tinha eu, homem de imaginação e de leitura; que tinha eu de levar desassossego às suas almas, às daquela pobre gente, de lhes comunicar o meu desequilíbrio nervoso? Olhei-os ainda uma vez. Um deles desconfiou e sorriu ao outro. Desviei o olhar, alvejando-o por sobre uma rua em frente, vista por mim em toda a extensão, graças a uma aberta na formatura. Olhando-a, pus-me a recordar que, ainda há dias, naquele longo sulco que se lhe abria pelo eixo em fora, homens sujos cavavam; e que, fizesse o sol mais ardente ou o aguaceiro mais temível, eles cavariam...

E eu ascendi a todas as injustiças da nossa vida; eu colhi num momento todos os males com que nos cobriam os conceitos e preconceitos, as organizações e as disciplinas. Quis ali, em segundos, organizar a minha República, erguer a minha Utopia, e, por instantes, vi resplandecer sobre a terra dias de Bem, de Satisfação e Contentamento. Vi todas as faces humanas sem angústia, felizes, num baile! Tão depressa me veio tal sonho, tão depressa ele se desfez. Não sei que diabólica lógica me dominava; não sei que inveterados hábitos de reflexão vieram derrubar meus sonhos: eu abanei a cabeça desalentado. Tudo isto era sem remédio. Morto um preconceito ou uma superstição, nasciam outros. Tudo na terra concorre para criá-los: a Arte, a Ciência e a Religião são as suas fontes, são as matrizes de onde saem, e só a Morte dessas ilusões, só o esquecimento dos seus cânones, dos seus delírios e dos seus preceitos trariam à humanidade o reino feliz da perfeita ausência de todas as noções entibiadoras.[140] Seria assim? Não ficariam algumas? Não era mesmo da essência da natureza humana ter cada grupo o seu estoque para opor às do vizinho? Não tinham os tupis as suas contra os tapuias; não tinham os portugueses contra estes dois; e os ingleses contra todos eles? Que me importava hoje ter de sofrer com as noções de alguns universitários europeus e a burrice dos meus concidadãos, se amanhã, asselvajado,[141] de azagaia[142] e bodoque, iria sofrer da mesma maneira com as da tribo minha vizinha ou mesmo com as da minha? Levei em tais pensamentos emaranhado minuto a fio. Para mim, afinal, ficou-me a certeza de que sábio era não agir. Que me propusesse a pagar as atuais fontes de sofrimento, seria preparar o nascimento de outras, fosse o meu movimento no sentido de continuar a marcha que a humanidade vem fazendo até hoje, fosse no sentido de a fazer retroceder para os dias que já se foram. Tive um louco desejo de acabar com tudo; queria aquelas casas abaixo, aqueles jardins e aqueles veículos; queria a terra sem o homem, sem a humanidade, já que eu não era feliz e sentia que ninguém o era... Nada! Nada!

O clarim retiniu. Soou um ao longe, depois os outros, um a um, como se os sons de um fizessem o outro vibrar. As tropas dispunham-se

---

140. Entibiadoras: que afastam o entusiasmo, desestimulantes.
141. Asselvajado: com modos de selvagem.
142. Azagaia: tipo de lança curta usada para arremessos.

a desfilar. Desfilaram. Passaram aos meus olhos lisas faces negras reluzentes, louros cabelos que saíam dos capacetes de cortiça; homens de cor, de cobre, olhar duro e forte, raças, variedades e cruzamentos humanos se moviam a uma única ordem, a uma única voz. Tinham, os seus pais, vindo de paragens longínquas e das mais desencontradas regiões do globo. Que motivos ocultos, sob a grosseria dos fatos históricos, explicavam essa estranha impulsão e aquela mesma obediência a um mesmo ideal e a uma mesma ordem? Que bobagem, pensei por aí estar eu a meditar sobre coisas tão imbecis, quando estavam próximos os armazéns de modas, o Pavilhão Mourisco, ou os Pequenos Ecos, tão pejados de coisas importantes e inteligentes, onde poderia com ganho e lucro empregar a minha atenção e o meu estudo. Que besta sou!...

As tropas continuavam a marchar em direção do Catete. Vi-as passar simplesmente, como as tinha visto formar. Depois que passaram, vim descendo ruas ao sabor da multidão; nela, flutuei com prazer, gozando a volúpia da minha anulação... Vinha como uma gota d'água no caudal de um rio, e, quando me perdi no Largo do Rossio, foi para esbarrar com o dr. Xisto Beldroegas, bacharel em direito e colega de Gonzaga de Sá, na Secretaria dos Cultos. Caminhava devagar e preocupado, sombriamente preocupado. Conheci-o por intermédio do meu amigo, que me descrevera a sua curiosa atividade mental. Beldroegas era o depositário das tradições contenciosas da Secretaria dos Cultos. Apaixonado pela legislação cultual do Brasil, vivia obsedado[143] com os avisos, portarias, leis, decretos e acórdãos. Certa vez, foi atacado de uma pequena crise de nervos, porque, por mais papéis que consultasse no Arquivo, não havia meio de encontrar uma disposição que fixasse o número de setas que atravessavam a imagem de S. Sebastião. Gonzaga de Sá contava coisas bem engraçadas do seu colega bacharel. Notava muito a sua necessidade espiritual da fixação, da resolução em papel oficial de tudo e todas as coisas. Beldroegas não podia compreender que o número de dias que chove no ano não pudesse se fixado; e se ainda não o estava, em Aviso ou Portaria, era porque o Congresso e os ministros não prestavam. Se fosse ele... Ah!... O movimento dos astros, o crescimento das plantas, as combinações químicas, toda a natureza, no seu entender, era governada por avisos, portarias e decretos, emanados de certos congressos, ministros e outras espécies de governantes que tinham existido há muito tempo. Não acreditava que outras vontades ou forças

143. Obsedado: obcecado.

mais poderosas do que as dos membros ostensivos do poder político governassem. Eram eles, só eles, o voto... Tolice!...

Apesar de enfronhado na legislação, não tinha uma ideia das suas origens e dos seus fins, não a ligava à vida total da sociedade. Era uma coisa à parte; e a comunhão humana, um imenso rebanho, cujos pastores se davam ao luxo de marcar, por escrito, o modo de aguilhoar[144] as suas ovelhas. Para o dr. Xisto Beldroegas, a lei era ofensiva, inimiga da parte. Ninguém tinha direito em presença dela; e todo pedido devia ser indeferido, não logo, mas depois de mil vezes informado por vinte e tantas repartições, para que a máquina governamental mais completamente esmagasse o atrevido. Demais, tinha uma noção curiosa da lei. Uma vez eu lhe falei na lei da hereditariedade.

— Lei! — exclamou. — Isso lá é lei!

— Como?

— Não é. Não passa de uma sentença de algum doutor por aí... Qual o Parlamento que a aprovou?

Lei, no entender do colega de Gonzaga de Sá, eram duas ou três linhas impressas, numeradas ao lado, podendo ter parágrafos e devendo ser apresentadas por um deputado ou senador, às suas respectivas câmaras, aprovadas por elas e sancionadas pelo presidente da República. O que assim fosse era lei, o mais... bobagens!

Xisto vinha preocupado, sombriamente preocupado. Hesitei em lhe falar; não tive tempo, porém, de tomar uma decisão. Ele deu com os olhos em mim.

— Doutor! — disse eu, fingindo surpresa e contentamento.

Ele não me respondeu claramente; articulou unicamente um grunhido de suíno, como exigia a sua respeitabilidade burocrática. Sou teimoso, quis obrigá-lo a falar; insisti amavelmente:

— Em que pensa, doutor?

Xisto gostou da minha subalternidade, concertou o pincenê,[145] ajeitou o olhar nas órbitas e disse:

— Isto vai mal... Não sei onde vamos parar!...

— Por que, doutor?

---

144. Aguilhoar: picar com aguilhão, vara curta cuja ponta possui um ferrão.
145. Pincenê: óculos sem hastes.

— Ora! É uma balbúrdia!

— Não há dúvida — concordei!

— Nem dá gosto trabalhar! Imagine só o senhor que há mais de dez anos, nas minhas informações, lembro a necessidade de ser fixado o número de linhas dos avisos... É preciso regular isso perfeitamente... Ora, uns têm cinco linhas; ora, outros têm dez, quinze... trinta... É um inferno!... Veja só hoje o *País*! Chama mensagem o que é um simples aviso... É por causa dessa deficiência na doutrina! É verdade que serão sempre ignorantes; a coisa podia estar determinada e os jornalistas não saberiam... Qual! Nesta terra, fique certo, ninguém se entende! Os que prestam estão por baixo...

Durante longos minutos, contou-me ainda outros grandes desgostos da sua alma de funcionário. Interrompi-o perguntando:

— E o Gonzaga, como vai?

— Parece-me que anda adoentado... Outro dia, teve um delíquio...[146]

— Passou?

— Sim, passou; mas, na idade dele, é mau... Dizem que vai ser aposentado.

— Que pena!

— Não perde nada... Bom camarada, mas não entende do serviço... Até hoje, com perto de quarenta anos de casa, ainda não se tinha habituado a pôr o número de anos da República nos decretos. Imagine só!... Eu gosto dele, garanto; a respeito de serviço, porém, não era lá grande coisa... Sabia, é certo; mas negócio de romance, de filosofia, de revistas... Fico com pena... Ele tinha boas pilhérias...[147] Muita gente há de dizer que gosto porque a sua aposentadoria vai me aproveitar. Estou em primeiro lugar para a promoção... Mas, não. Tenho pena...

As últimas palavras foram ditas quase a meia-voz. Calou-se um pouco e, em seguida, continuando a caminhar a meu lado, desandou a falar de sua repartição e dos colegas. O chefe não entendia; o diretor ainda menos; o ministro... A custo pude me afastar desse portentoso senhor, cujas mãos graduavam a força da lei e sustinham a majestade do Estado. Deixando-o, tive ímpetos de ir ver o meu amigo. Era pouco mais de duas horas. Muito cedo e temi incomodá-lo, com uma visita demorada. Deixei-me ficar pelas ruas até às quatro horas da tarde, quando me dirigi à sua casa, saudoso

---

146. Delíquio: desmaio, síncope.

147. Pilhérias: afirmações engraçadas, chistes.

dele, a quem não via há mais de vinte dias. Foi o próprio Gonzaga de Sá quem me recebeu.

— Disseram-me que estavas doente — disse-lhe eu ao entrar.

— Qual! Uma ligeira infecção do ambiente. Quem foi que te disse?

— O Xisto Beldroegas.

— Logo vi! Eles é que me fazem doente... Não os posso suportar mais... Que cacetes! Imitam-me... É incrível que só agora, aos sessenta e tantos anos, eu me venha sentir incompatível com *eles*...

— Não tiveste uma tontura?

— Tive; mas coisa insignificante... O que tenho, de fato, é aborrecimento, é tédio; sofro em me sentir só; sofro em me ver que organizei um pensamento que não se afina com nenhum... Os meus colegas me aborrecem... Os velhos estão ossificados; os moços, abacharelados... Pensei que os livros me bastassem, que eu me satisfizesse a mim próprio... Engano! As noções que acumulei, não as soube empregar nem para a minha glória, nem para a minha fortuna... Não saíram de mim mesmo... Sou estéril e morro estéril... As palavras me faltam; as ideias não encontram expressões adequadas, para se manifestarem... Enfim, estou no fim da vida, e só agora sinto o vazio dela, noto a sua falta de objetivo e de utilidade... Meu coração foi sáfaro...[148] Gastei um capital precioso em coisas fúteis... A vida quer outras coisas... Passei quarenta e um anos a girar em torno de mim mesmo, e vivendo horas cercado de imbecis... Calcula que o meu chefe, há dias, organizou um curioso sistema de nomeação para presidente da República; e muito a sério, podes crer.

— Como era?

— Entrava-se amanuense, e de promoção em promoção, ia-se a presidente...

— Engenhoso!

— Sabes qual a vantagem apontada por ele?

— Não.

— Quando houvesse necessidade de se lavrar um decreto em palácio, o presidente estava perfeitamente apto a fazê-lo... Oh! Impossível! Nem a paciência de um santo!...

Nós conversávamos sentados naquele gabinete em que Gonzaga de Sá me recebeu pela primeira vez. Assombrava-me aquele seu desabafo; não estava nos seus hábitos; eu não o esperava. De há tempos para cá notava-o

---

148. Sáfaro: rude, desconfiado.

menos resignado, irritadiço, mais deprimido, sem energia para se conter. Perdera um pouco a sua ironia aguda, deixava-se facilmente encolerizar e lastimava-se desalentadoramente. Não o tentei consolar; ele não era dos que se consolam. Olhei um instante para fora da janela. As alturas estavam calmas; o céu muito azul e límpido; o sol brilhava sem violência, meigamente envolvendo a palmeira quieta. O flanco chanfrado da pedreira, do outro lado, era visto ao longe, pela janela aberta, bruscamente claro, surgindo por entre a vegetação escura e a rocha, como uma chaga... Os cavouqueiros mexiam-se... O fermento humano na natureza indiferente...

Da rua vinha até nós o pregão monótono dos vendedores ambulantes. Pelas janelas da frente, eu vi a ponta das palmeiras do palácio e as alturas do Morro de Guaratiba, pairando sossegadamente sobre nossos festins ruidosos...

Gonzaga de Sá levantou o olhar da folha de papel em que estivera rabiscando, passeou a vista pelas três faces da sala aberta para o exterior e permaneceu alguns minutos com o olhar perdido. Por fim, o meu velho camarada voltou-se e perguntou-me ainda uma vez:

— Quem te disse que eu estava doente?

— Já te disse... O Xisto Beldroegas...

— Que idiota! Com aquela voz de castrado, com aquele passo de jabuti... Tenho-lhe nojo, nojo da sua burrice... Imagina que, para me moer, ele se propôs um dia a discutir filosofia com o Balthar... Sabes o que discutiram?

— Não.

— Ouve, Beldroegas diz ao outro, olhando de esguelha para mim, "Balthar, vamos discutir filosofia". Balthar empavesa-se,[149] põe as mãos para trás, e diz com segurança "Vamos!". Balthar tosse, Beldroegas faz um esforço para falar, cacareja e pergunta: "Como morreu Sócrates?". Felizmente, eu escapei de ser doutor...

Ri-me, enquanto Gonzaga de Sá acendia, a custo, um cigarro. Tremia; vários fósforos apagaram-se. Levantei-me, para deitar fora o meu que se extinguira, e, de soslaio, pude ver a folha que Gonzaga de Sá rabiscava. Eram indecisos traços de uma fisionomia humana... Sempre aquela obsessão. Sentei-me e ele continuou:

— Dantes, eu tinha pena. Hoje, sobe-me o ódio, dá-me vontade de lhes quebrar a cara... Eu quis fazer deles o meu ambiente, comuniquei-lhes as minhas leituras... Os burros maldizem-me... Eunucos, castrados!

149. Empavesa-se: envaidece-se, vangloria-se.

Arranharam umas opiniões, uns retalhos de pensamento dos meus lábios e, com eles próprios, querem me ofender e irritam-me. A burrice humana é insondável! Tenho desgosto de mim, da minha covardia... Tenho desgosto de não ter procurado a luz, as alturas, de me ter deixado ficar covardemente entre tais patos, entre tais perus, burros e maus, agaloados ou não, ignorantes e sórdidos, incapazes de simpatia, de gratidão e de respeito pelo valor dos outros... Como me fui meter com esses idólatras de títulos e posições, patentes e salamaleques,[150] abaixados diante da força e do dinheiro? Não sei. Os mais próximos, eu os quis melhorar; eu lhes levei autores, novidades, jeitos de pensar... E eles? Oh! Que bestas! Que bestas! O que mais me aborrece é ter chegado a esta idade vazio de tudo, vazio de glória, de amizade, só, e quase isolado dos meus e dos que me podiam entender. Estou abandonado, como um velho tronco desenraizado num areal... Vivi muito e espero ainda viver alguma coisa... Vi ladrões, vi assassinos, vi gatunos, vi prostitutas — tudo isso é gente boa, muito boa, à vista dos perus graduados no meio dos quais vivi... Fugi das posições, do amor, do casamento, para viver mais independente... Arrependo-me!... Vênus é uma deusa vingativa!

Gonzaga estava desvairado; nunca o vira com aquelas feições, com aquela violência de linguagem. Ele se tinha erguido da cadeira; os cabelos se desfizeram; e, na mão esquerda, erguia o cigarro como uma tocha de incendiário.

— Gonzaga, sê clemente! Perdoa!

Não me respondeu e sentou-se. Lá fora, começava a correr uma branda viração, a cujo impulso a palmeira inclinou-se para o nosso lado. Na parede, todas as figuras da alegoria da Primavera pareciam olhar o meu inolvidável[151] amigo; a cegonha de bronze como que esticou um pouco mais a cabeça e, no alto do portal, o mocho juntou mais os olhos, como se se espantasse com aquela atitude de Gonzaga de Sá. Todos aqueles seus companheiros de tantos anos se admiravam da brusca revolta. Eles se haviam surpreendido como eu, apesar de tudo. Compreendi, então, que o temperamento de Gonzaga era de fortes paixões; que a ironia tinha disfarçado a mágoa de não achar onde aplicá-las e surdas efervescências de raiva deviam viver sepultadas no seu íntimo. Na forte compreensão da dignidade de sua pessoa, e no avassalador orgulho pela sua inteligência, atrozes

150. Salamaleques: mesuras exageradas.
151. Inolvidável: memorável.

feridas deviam se ter aberto nele pela vida toda; e agora, com a decadência de energia que a velhice acarreta, não mais podia suporta-lhes as dores cruéis e gemia. Era mais uma interpretação da alma do meu amigo… Concluí também que aquilo seria uma convulsão, uma inevitável perturbação provocada pela idade, na sua calma habitual e na triste ironia que perfumava o seu viver solitário, perturbação que mais se acentuou depois da morte do compadre. Vexado, durante uns instantes, esteve calado, dizendo-me afinal:

— Nunca me viste assim, não é?

— ?

— Hás de me desculpar… Nunca mais… Não terei motivo para o ser outra vez…

Teve um grande ofego e falou-me em seguida, com aquela sua voz de sempre, cheio de mansuetude e bondade:

— Fizeste bem em vir… Jantas comigo e iremos ao Lírico. Quero ver pela última vez aqueles lugares; quero ver o núcleo atual de tantas ilusões… Irás comigo. A tua mocidade me excitará a rever os meus vinte e cinco anos esperançosos…

Não queria ir porque aquela gente do teatro eu a sentia hostil; mas acedi e jantei com ele, a irmã e o afilhado.

O jantar foi triste; d. Escolástica, com a indiferença do seu olhar verde, jantou sempre cerimoniosa, tendo sempre um sorriso de bondade fixado nos lábios. Não perdia nunca aquele seu ar de remanso, de placidez. Mas, com tanta passividade, que não lhe adivinhei qualquer contração, ter descoberto a crise por que vinha passando o irmão. Era como essas deliciosas paisagens para onde corremos quando a alma se nos tolda de desgosto. Contemplamo-las, horas e horas, esperando um consolo, um afago, e elas nada nos dizem. Continuam, como sempre, belas para toda a gente, mas sem compreensão simpática para um qualquer dentre os muitos que as procuram. D. Escolástica continuava plácida e remansosa, mas parecia ser assim para todos, sem escolha nem eleição diante da recente agitação do irmão e, antes, em face de sua indiferença nirvanesca por tudo, do seu niilismo intelectual, ela sempre procedeu como a paisagem: ficou muda, ficou muda sem uma palavra para animá-lo, e sem um conselho para sossegá-lo. Acabado o jantar, Gonzaga de Sá vestiu-se pacientemente, carinhosamente. Íamos em cadeira de segunda classe, eu, por causa do traje, não o podia acompanhar em primeira como ele queria; entretanto, abotoou-se bem, fez com que as calças caíssem com justeza sobre as botinas, amarrou bem a gravata, perfumou-se e fomos com antecedência comprar os bilhetes. Quando saltamos na porta do Teatro, já começavam os carros a chegar. Em geral, os cupês traziam três pessoas e as vitórias[152] seis, sem contar o nhonhô na boleia, ao lado do cocheiro. Havia um único palafreneiro[153] para todos os carros. Logo que um apontava no canto da Rua Senador Dantas, o pobre homem corria e seguia emparelhado ao veículo até o ponto justo de abrir a portinhola. Se, por acaso, um chegava trazendo o número normal da lotação e com ajudante de cocheiro próprio, causava pasmo. Era como se fosse uma carruagem de príncipe. Dos "ceroulas" é que saltava o grosso dos frequentadores. E, ainda uma vez, eu me admirei que gente, que pagava vestidos e trajes tão caros, não pudesse vir em carruagens condignas e menos abarrotadas. Em certo momento Gonzaga de Sá me disse, sem quê nem por quê:

— Mete dó, não ofende, este luxo…

A sineta anunciou o espetáculo. Entramos. Poucas vezes fora eu ao antigo Pedro II e as poucas em que fui, assisti ao espetáculo das torrinhas;[154] de modo que aquela sociedade brilhante que via formigar nas cadeiras e camarotes, de longe, parecia revestida de uma grandeza que me intimidava. Debruçado na grade da galeria, as casacas corretas e os ricos vestuários das senhoras eram um deslumbramento para os meus pobres olhos; e, por não ser do meu gosto analisar os espetáculos que me agradam, aceitei aquela sociedade como deslumbrante, grandiosa e brilhante. Contudo, vulgarmente, e muito, na entrada, parecia-me que aquelas damas envoltas em capotes e outros agasalhos tinham o ar de quem ia para o banho; enquanto, na sala, de colos nus, sob o rebrilho das luzes, surgiam-me como mármores de museu.

No Cassino, ao ver pelos camarotes aquelas conhecidas grandes damas estrangeiras, os galeões do México, rutilantes de joias e de sedas, também recebi igual impressão de grandeza, beleza e majestade. Consenti, depois de anos de ausência, em pisar no Lírico… Ia agora ver tudo aquilo mais de perto, graças a Gonzaga de Sá, graças à animação, ao reforço que ele trazia à minha humildade nativa.

A representação ainda não começara. Damas conversavam com cavalheiros, à entrada dos camarotes. Eu ficava bem junto à fila direita.

152. Vitórias: carruagens de quatro rodas, para dois passageiros.
153. Palafreneiro: rapaz responsável por tratar de cavalos.
154. Torrinhas: camarotes da última ordem em teatros.

Vi algumas de perto e as cadeiras dos camarotes, que me pareceram bem inferiores às da sala de jantar da minha modesta casa. Notei-lhes o forro de reles papel pintado, o assoalho de tábuas de pinho barato; alonguei o olhar pelo corredor e, além de acanhados, julguei-os sujos, vulgares, a guiar os passos para lugares escusos. O teto sempre me intrigou. Com os seus varões de ferro atravessados, supus que se destinassem a trapézios e outras coisas de acrobacia. Ópera, ou circo? Entretanto, eu estava no ponto mais elegante do Brasil; no ponto para que converge tudo que há de mais fino na minha terra.

Era para brilhar ali que nós todos brigávamos, matávamos e roubávamos, por sobre os oito milhões de quilômetros quadrados do Brasil. Não se acredita! Os músicos tinham acabado de afinar os instrumentos; dentro em pouco, o maestro chegou. O presidente apareceu no camarote e a orquestra atacou o hino nacional. Pusemo-nos de pé e, ao começar propriamente a ópera, sentamo-nos a ouvi-la.

— Bela casa! — disse eu ao ouvido de Gonzaga de Sá.

— Chique, rica! A metade não pagou entrada...

— Há muito que eu não via tanta gente poderosa reunida...

— E, em todo o caso, curiosa e representativa — disse-me ele.

Estivemos alguns instantes a sorver o mel daquela música, mais realçada ainda pela doce voz dos cantores, que nos vinha aos ouvidos como uma carícia fora das coisas. Vi num camarote uma linda senhora, de busto alto, linhas rígidas, que se apresentava sozinha. Procurei ver-lhe o rosto; era a Pilar, uma espanhola que talvez muito influísse nos destinos da pátria.

Gonzaga de Sá ouvia e eu perturbei-o apresentando-lhe a espanhola:

— Conheces? — perguntei.

— Quem é?

— A Pilar! A ninfa da alta política, da alta finança, de toda a pirataria com patente.

— Ahn! É justo que as haja para todas as classes, tanto mais que é invejada. Olha como a vê a honesta mme. Aldong — 7º camarote, da 1ª ordem, à direita... Viste?

— Vi — respondeu Gonzaga de Sá.

— Sabes quem é mme. Aldong?

— Não. É uma senhora aí... Sabes bem quem é?

— Bem não sei, nem ninguém; mas é das rodas finas; é viúva e, sem ser rica, gasta rios de dinheiro... Não há motivo para inveja...

— Moralizas?

— Absolutamente, não. Verifico fatos. Repara, à esquerda, aquelas três moças... Bonitas, hein?

— De fato.

— São filhas do moralista da *Vanguarda*. Ganhou ele ultimamente duzentos contos com a indenização que pleiteou para a Comp. das Obras do Porto de Tabatinga, por não ter nunca a companhia encetado a construção dos seus utilíssimos cais. Foi no mês passado. Admira que tenha ainda dinheiro...

— Foi útil; elas nos vieram alegrar o olhar. E aquela senhora acolá?

— Que te parece ela?

— Esposa de um senador ou banqueiro.

— Exato, mas de jogo. Há trinta anos ele o é apesar de todos os códigos proibirem-no. A inutilidade das leis... Bom assunto!

— E aquele almirante que parece viu todos os mares da terra?

— Desde a viagem de instrução, que foi feita à vela, nunca mais embarcou, a não ser para Niterói.

— Prático.

— Em terra — disse-me rapidamente Gonzaga de Sá. — Bela casa!

— Bela casa!

O ato findava. Palmas entusiásticas partiram das galerias e alguns nas cadeiras também aplaudiram. Saímos. Pus-me a ver as feições daquela gente tão maldosamente catalogada por Gonzaga de Sá. Tinham não sei quê de inquietude, não sei quê de desassossego no olhar, que me penalizou. Quis interrogar o meu amigo... Parei um instante para ver a Pilar que passava. Roçou-me e pude ver-lhe bem as feições. Eram calmas e o olhar seguro e satisfeito. Em face daquela inquietude geral, o seu sossego pareceu-me superior, aristocrático, exercendo aquela fascinação especial da pessoa humana que pode, está segura de si e não tem tormentos. Observei tudo isto a Gonzaga de Sá, ele sorriu-se ligeiramente e retrucou:

— Pudera! Eles sabem como estão aqui; eles sabem que os que, com bulha e matinada,[155] frequentavam o Lírico ou o Provisório, há quarenta anos atrás, no meu tempo, não têm talvez um representante entre eles. Para onde foram? Não se sabe! Eles temem o futuro.

Perpassou um pouco a vista por sobre aqueles cavalheiros elegantes e aquelas damas jeitosas e disse-me:

155. Com bulha e matinada: com discussão, alvoroço.

— Vocês, os moços, fizeram mal em destronar os antigos. Apesar de tudo, nós nos entenderíamos afinal. Vínhamos sofrendo juntos, vínhamos combatendo juntos, às vezes até nos amamos — entenderíamo-nos por fim. Estes de agora...

— Nada impede que nos entendamos afinal com estes, também!

— Qual! São estrangeiros, novos no país, ferragistas e agiotas enriquecidos, gente nova... Vocês estão separados deles por quase quatrocentos anos de história, que eles não conhecem nem a sentem nas suas células — o que, para eles, é de lastimar, pois esses anos passados dão força e direitos a vocês, que os devem reivindicar. Em breve vocês terão de empregar a força para eles respeitarem vocês. Esses quatrocentos anos... Resumindo — continuou Gonzaga —, vocês arranjaram novos dominadores, com os quais vocês não se poderão entender nunca; e expulsaram os antigos com os quais, certamente, se viriam a entender um dia. Erraram, e profundamente.

A sineta tocou, e fomos tomar lugares. A Pilar já estava no camarote; nos outros, quando neles iam entrando as damas respectivas, o primeiro olhar era para ela. O presidente já estava sentado, bem à vista da sala. A Pilar olhou-o demoradamente, correu a vista pela sala e olhou-o ainda uma vez, com firmeza e sem inveja. Era como se dissesse: aqui eu e tu! A orquestra atacou: o pano subiu e eu me preparei para ouvir as doçuras da música italiana. O espetáculo prolongou-se além da meia-noite, e nós assistimo-lo até ao fim. Saímos tristes. Era a primeira vez que eu assim saía de um teatro. Nos meus tempos de estudante, deixava o espetáculo alegre.

Cercado senão de amigos, no mínimo de camaradas, passava a representação como assistindo a uma aula, em cujos intervalos, de igual a igual, discutia e conversava familiarmente com os outros. Desta vez, sem aquele ambiente favorável de colegas, eu me choquei bruscamente com aquele mundo hostil. Não houve uma só palavra que me ferisse, nem sequer um olhar; entretanto, só em contemplar aquela grande gente, que me parecia tão rica e tão brutal, eu me senti inferior. Donde me vinha esse sentimento? Era a minha cultura? Não; eu recebi a mesma instrução dos mais instruídos da minha idade que lá estavam. Era do meu caráter, das falhas da minha moralidade? Não, também; eu sentia que as tinha; contudo, em comparação com o grosso daqueles cavalheiros tão limpos, eu era puro, imaculado. Nada mais me restava comparar, a não ser que o meu sangue me fizesse perfeitamente inferior, mas este mesmo eu cria correr em muitos daqueles a quem me julgava inferior. Donde vinha, portanto, esse sentimento que me entristecia? Analisei na memória o espetáculo que me ferira, combinei-o com as palavras de Gonzaga de Sá. Lembrei-me de que eles tinham vindo do Brasil todo, de todos os seus pontos, a brigar, a roubar os seus parentes, as suas mulheres e os governos, a furtar pobres e ricos; a matar também levas e levas de imigrantes nos árduos trabalhos agrícolas. Era aquele o seu prêmio!... Tinham saltado por cima de todas as conveniências, por cima de todos os preceitos morais — tiveram coragem, enquanto eu... Oh! Algumas vezes por aí, umas pândegas e muito álcool! Narcótico! Era isso.

Percebendo a verdade, revoltei-me contra a minha fraqueza, contra a minha alma bruxuleante e pulha,[156] que me fazia deter diante das regras do decálogo, diante dos preceitos morais. Eu era um covarde, um escravo; eles, príncipes e reis. Não serei mais assim!... Era, preciso brigar — briguemos! Escolheram a guerra — tê-la-ão!

Fomos tomar cerveja em um café de notívagos. Gonzaga de Sá vinha embrulhado num sobretudo com o rigor de *parvenu*[157] viajado. Em começo, bebemos calados; afinal Gonzaga de Sá quebrou o silêncio.

— Eu saio dessas coisas triste...

— Ora!

— Não, é certo. Tenho pesar de mim, uns longes de patriotismo e, quando vejo que aquilo, o Lírico, a condensação da fina flor é a mesma coisa de há quarenta anos passados, fico abatido. São os mesmos fazendeiros sugadores de sangue humano; são os mesmos políticos sem ideias; são os mesmos sábios decoradores de compêndios estrangeiros e sem uma ideia própria; são os mesmos literatos a Otaviano, literatos de coisas de *cotillon*,[158] os mesmos agiotas... Há quarenta anos era assim; não mudou. Serão sempre assim?

Sem querer respondi logo:

— Certamente.

Depois, refleti que havia uma certa contradição entre o que Gonzaga de Sá me dissera no teatro e o que observava agora. Entretanto, calei-me.

— Eu também sou do teu parecer — confirmou ele —; mas, agora, me acode dizer-te que os outros eram mais nossos parentes.

---

156. Pulha: vil, desprezível.
157. *Parvenu*: novo-rico.
158. *Cotillon*: versão de uma dança social inglesa.

E, calmamente, sorvemos longos goles de cerveja, até espertar o corpo. Gonzaga de Sá pagou e, quando me quis despedir, perguntou-me:

— Para onde vais?

— Para casa.

— Sinceramente?

— Palavra!

— Vem dormir em minha casa; amanhã ficarás ajudando-me a arrumar os livros.

Juntos tomamos o bonde, para a sua residência, nos arredores da Rua Bento Lisboa, no Catete, e nas encostas de Santa Teresa. No bonde, viajavam poucos passageiros.

Havia uma rapariga, com um grande chapéu e um longo e belo capote, num banco da frente. Gonzaga de Sá esteve a observá-la muito tempo; e ali pela rua da Lapa, bruscamente refletiu, olhando para a mulher:

— O que sinto é que essas senhoras não sejam diferentes das de sociedade. Se o fossem, eu talvez experimentasse...

E não mais disse coisa de valia, até à porta da casa, onde entramos já com os galos a cantar, recebidos pela saudação sonolenta do velho preto Ignácio.

XII – ÚLTIMOS ENCONTROS

Dormi magnificamente, em um amplo quarto desses das velhas casas do Rio de Janeiro que dão bem a imagem da fartura e da liberdade da nossa burguesia nos meados do século passado. Era maior do que as salas das nossas apelintradas[159] casas de hoje. Despertei manhã adiantada. O quarto em que dormi dava para a sala de jantar. Penetrando aí, dei com d. Escolástica, de plácidos olhos verdes, a vigiar atentamente o pequeno Aleixo Manuel, que tomava uma ligeira refeição matinal, antes de ir para o colégio. Gonzaga de Sá não estava. Ao entrar, o menino levantou a cabeça da xícara e pousou por instantes os seus grandes olhos negros, enervados de prata, sobre mim, interrogativamente, como sempre.

Vendo aquela criança, não sei que longínquas lembranças da minha infância me vieram. Eram as esperanças da minha iniciação nas coisas obscuras do alfabeto. Eram os afagos e espantos da minha professora; eram também os dolorosos desenganos desta minha mocidade irrequieta

159. Apelintradas: ordinárias, mesquinhas.

e desigual... Não viu o que invocava em mim aquela criança, com a sua rígida fronte inteligente e a sua forte e redonda cabeça de homem de caráter! Ele me olhou, fiz a saudação matinal, respondeu-me e me sentei. A velha d. Escolástica informou-me, então, que o irmão erguera-se cedo e trabalhava na sala. Demorei-me uns tempos a conversar e, de caminho, falei à criança.

— Estás muito adiantado?

O Aleixo Manuel relutou em responder; a velha senhora, porém, obrigou-o a fazê-lo com presteza.

— Responde, Aleixo, não estás ouvindo o que te perguntam? Responde: estás adiantado?

— Não estou, não senhor — respondeu ele afinal.

— Em que livro estás?

— Terceiro.

— Com nove anos, vai bem — fiz eu animando-o. — Já dás a História do Brasil?

— Sim, senhor.

— Quem descobriu o Brasil?

— Pedro Álvares Cabral.

— E a América?

— Cristóvão Colombo.

— Qual foi a primeira descoberta, a da América ou a do Brasil?

— A da América.

— Por quê?

— Porque o Brasil faz parte da América, e quem descobriu a América, também o Brasil, porque ele está na América.

— Então foi Cristóvão Colombo quem descobriu o Brasil? Que respondes?

O rapaz calou-se, franziu um instante as sobrancelhas e, depois, disse com toda a firmeza:

— Não. Colombo foi quem viu pela primeira vez um lugar da América, por isso se diz que descobriu *ela* toda; mas Cabral viu depois, pela primeira vez, lugares do Brasil, por isso diz-se que descobriu o Brasil.

A custo, disfarcei a minha surpresa diante da clareza do raciocínio do pequeno. Não quis com um elogio caloroso aguçar-lhe a vaidade; desejava que a sua inteligência fosse crescendo sem consciência de si própria; e então quando fosse bem forte, ele tomasse conhecimento da sua capacidade, como uma revelação, como uma surpresa. Limitei-me a dizer-lhe que estava certo e passei a perguntar outras coisas. Por fim, depois de ter respondido às minhas perguntas com uma prontidão que me maravilhou, passou a correia da mala pelo pescoço, apanhou a lousa e despediu-se. Beijou e abraçou d. Escolástica, e ambos o fizeram de maneira a me deixar perceber que um queria mais alguma coisa no outro, e que ambos não sabiam porque não a tinham. Foi-se.

— É inteligente o rapaz — disse eu à velha senhora.

— Bastante. Que desejo de saber tem este pequeno! O senhor nem imagina! Brinca, é verdade; mas, à noitinha, agarra os livros, os deveres e os vai estudando sem que ninguém o obrigue. Quem me dera que fosse assim até ao fim!

— Por que não irá?

— Ora! Há tantos que como ele começam tão bem e...

— É verdade! Mas, virá deles mesmos a perda da vontade, o enfraquecimento do amor, da dedicação aos estudos; ou tem tal fato raízes em motivos externos, estranhos a eles que, só numa idade mais avançada, acabam percebendo, quando a consciência lhe revela o justo e o injusto, fazendo que se lhe enfraqueça deploravelmente o ímpeto inicial?

Cri que d. Escolástica não me compreendera, e procurei dizer a mesma coisa por outras palavras.

— Quem sabe se, na primeira idade, eles estudam porque desconhecem certas coisas que, sabidas mais tarde, lhes fazem desanimar e sentir vão o estudo?

— Qual, doutor! *(Ela me tratava dessa maneira.)* É assim mesmo!

E calou-se, depois de sua segura afirmação, como os grandes e infalíveis sábios do nosso Brasil.

Tomei café e fui ter com Gonzaga de Sá na sua vasta sala de trabalho. Ele, recostado na cadeira de balanço, lia atentamente um jornal. Saudamo-nos e logo lhe observei:

— Julgava-te na arrumação; mas vejo que estás embevecido na leitura das gazetas.

— Uns jornais franceses que acabo de receber. Adiei a arrumação.

— Qual é o jornal?

— O *Figaro*. Leio um por dia, como se fosse publicado aqui e entregue de manhã na minha porta. Ando sempre por isso mesmo, atrasado com os acontecimentos mundiais.

— Em que ponto está a Conferência de Haia?

— Na classificação das nações...

— Não cheguei ainda aí... Estou atrasado...

— Onde estás?

— Na nomeação de comissões.

— De modo que sempre andas quinze dias atrasado com o mundo?

— Às vezes, muito mais... Ora! o tempo. Uma noção subjetiva, que só existe para nós... Uma fatalidade da nossa organização cerebral, independente da experiência. Um critério, uma categoria para a nossa interpretação humana dos fenômenos... De que vale?

Nada respondi, porque não tinha nada a responder. O meu velho amigo, após um pequeno silêncio, perguntou-me:

— Viste o Aleixo Manuel?

— Vi.

— Que te pareceu?

— Aplicado e inteligente.

— Graças a Deus.

E tornou de novo ao jornal francês que estava lendo. Apanhei os jornais do dia, em cima de mesa do centro; li-os e, assim pelas nove horas, despedi-me. Não aceitei o almoço; chegaria tarde à Repartição.

Ao despedir-me, Gonzaga me pediu:

— Vem mais a miúdo, para conversar com Aleixo. Ele vive tão só...

Depois da morte de seu compadre, a sua constante preocupação era o afilhado. Sem nenhum pretexto, sem causa nem motivo, em meio de uma palestra sobre assunto muito diverso, dava-lhe para falar no filho do Romualdo. Uma vez dizia: preciso levá-lo ao Museu; outra, talvez fosse bom pô-lo de interno, para ganhar convivência, desembaraço, hábitos de sociabilidade. Que achas?

Eu possuía poucas aptidões pedagógicas, quase nenhumas; e respondia evasivamente. Notava, entretanto, que a presença constante da criança, a contemplação dela todo o dia, na intimidade familiar, tinha acelerado aquela alteração de humor no temperamento do meu velho amigo, que já observei; e trouxera mais uma carga de apreensões que não lhe eram habituais. Mudara... Gonzaga amava ternamente o rapaz; via-se bem que o queria como seu filho e assim o tratava nos menores atos, e nas mais simples palavras que lhe dirigia punha a meiguice e a doçura de pai. Depois desta visita, mais de uma vez, porém, eu o surpreendi a olhar o afilhado com olhar de sibila.[160] Havia não sei que grande esforço de penetração na

160. Sibila: profetisa ou bruxa.

sua mirada, que eu quis bem crer estar ele no propósito de decifrar o futuro do pequeno. Certa vez, depois de um olhar destes, disse-me:

— Esta vida é um conto do vigário...

Só a presença do afilhado não me bastava para explicar a mudança de humor de Gonzaga de Sá que, agora, via e visitava amiudadamente, conforme ele me pedira.

É verdade que sempre o conheci triste; mas de uma tristeza, por assim dizer, filosófica, geral, essa tristeza de sentir profundamente a mesquinhez da nossa condição humana, em luta sempre com o imenso dos nossos desmarcados sonhos e desejos. Porém, agora, a sua tristeza era mais atual, mas terra a terra. Dir-se-ia que a presença do Aleixo Manuel, o afilhado, tinha levantado do fundo da pessoa do meu amigo lembranças dolorosas que sepultara para sempre; lembranças essas que eram seu segredo e das quais nunca me falou e não encontrei o mínimo indício para descobri-las nos papéis que ele me legou, por testamento, juntamente com umas centenas de livros. Lembro-me, ao escrever estas linhas, que um dia ele me dissera:

— Já tiveste algum amor?

— Nunca.

— Olha, que falo de amor! Hein?

— Compreendo.

— É preciso tê-lo... Tenho te dito sempre que os antigos afirmavam que Vênus é uma deusa vingativa... Não perdoa e tu sofrerás se não lhe prestares culto...

— Não há Vênus — retorqui.

— Quem sabe lá?

Trocávamos essas palavras nos últimos dias da sua existência, quando a alteração do seu gênio já se refletia claramente na saúde; e eu via bem que Gonzaga de Sá fanava-se, dissolvia-se vagarosamente ao fogo lento de suas secretas recordações, e dos desgostos que o aparecimento delas lhe fizera assomar na alma. As faces se encovavam; os olhos, seus doces olhos, perdiam o brilho, apareciam mortiços e ganhavam uma estranha auréola. Não andava com a mesma firmeza e o seu humor continuou a desequilibrar-se ainda mais. De uns tempos em diante, a sua palestra era frequentemente cortada por bruscas explosões de irritação, de queixumes indignos de sua altivez, em geral pueris e sem fundamento, passando espantosamente da mais intensa tristeza para a mais ruidosa alegria.

Aleixo Manuel, o afilhado, trouxe-lhe — quem sabe? — para a vida alguma coisa que queria não viesse jamais, ou não reaparecesse nunca;

e ele sofria com isso, entristecia-se, alquebrava-se de corpo e alma, sem que fosse possível a mim atribuir diretamente tais modificações no meu amigo, ao dócil, ao meigo, ao obediente Aleixo Manuel que ele pusera em sua casa, a fim de ficar sendo seu filho.

— Hei de fazê-lo gente — dizia-me às vezes, cheio de esperança e de alegria.

Não pôde levá-lo até o fim. Ao encetar o pequeno o curso de preparatórios, logo por aí, foi quando ele *colheu a flor, e caiu, e morreu…*

A tia levou o menino até ao fim, com todo o carinho e abnegação.

Bênçãos a ambos, que, na sua missão educadora, souberam ser bons, sem interesse e sem cálculo de espécie alguma, apesar de todos os dons terem concorrido para ampliar, com o hábito de análise e reflexão que o estudo traz, a consciência da criança que devia ficar restrita aos dados elementares para o uso do viver comum, sem que viessem surgir nela uma mágoa constante e um fatal princípio permanente de inadaptação ao meio, criando-lhe um mal-estar irremediável e, consequentemente, um desgosto da Vida mais atroz do que o pensamento sempre presente da Morte!

Que importa isso, porém, se as tenções dos velhos foram generosas; e, se o sofrimento do pequeno, exteriorizado algum dia em grandes atos ou em grandes obras, possa concorrer mais tarde para o contentamento de muitos dos seus iguais que vierem depois!? Que importa!?

A felicidade final dos homens e o seu mútuo entendimento têm exigido até aqui maiores sacrifícios…

Este livro foi impresso pela Gráfica Plena Print
em fonte Minion Pro sobre papel Pólen Bold 70 g/m²
para a Via Leitura no inverno de 2024.